LES

INFLUENCES.

———◆———

1re SÉRIE.

LE NOTAIRE

DE CHANTILLY.

CORBEIL. — IMPRIMERIE DE CRÉTÉ.

LE

NOTAIRE

DE CHANTILLY,

PAR LÉON GOZLAN.

II.

PARIS,

LIBRAIRIE DE DUMONT,

88, PALAIS-ROYAL, SALON LITTÉRAIRE.

1836.

I.

A son retour de Paris, Maurice ne fit pas même savoir qu'il était arrivé.

En passant, il donna quelques ordres au maître-clerc, et monta dans son cabinet. Il était fort pâle.

Il s'écria .d'une voix étouffée, en tombant dans son fauteuil : « Trois cent mille francs! « Où trouver en quelques heures trois cent. « mille francs ! — Affreuse spéculation ! »

Il dénoua sa cravate tout empreinte de la poussière du voyage, la jeta au loin, car il étouffait, et, accoudé sur la cheminée, la tête dans ses mains, il répéta devant la glace : « Affreuse spéculation! Trois cent mille francs, ou l'affaire est perdue. »

Son portefeuille était ouvert devant lui, et, pour la vingtième fois depuis deux minutes, il dépliait des effets de commerce qu'il comptait et recomptait, murmurant vite et tout bas; « A payer, trois cent mille francs! sinon mon avenir, mon bonheur m'échappent; et moi qui le concevais si modeste, si facile. Ah! pourquoi ai-je eu un instant d'ambition? Aussi pourquoi Reynier m'a-t-il tant persécuté? pourquoi ma femme ..? »

L'indignation de Maurice, contre lui-même, avait pour cause l'incident malheureux d'un jeu de bourse survenu au milieu de ses achats de maisons de La Chapelle. Quoique le secret du futur entrepôt à Saint-Denis n'eût pas été trahi, Maurice ou plutôt Reynier avait mis tant de précipitation à se constituer acquéreur des bâtimens à démolir, que quelques propriétaires de

La Chapelle, plus clairvoyans, sans deviner précisément le but de leur spéculation, sur le simple soupçon d'une vaste entreprise, avaient élevé le prix de leurs terrains. Ils pouvaient en outre, par leur exemple, enfler les prétentions des autres propriétaires et rendre par là l'opération ruineuse. Il s'était donc agi, à quelque prix que ce fût, de se débarrasser de ces propriétaires incommodes en achetant leurs maisons au plus vite et au prix — il le fallait bien — ridiculement exagéré qu'ils en demandaient. C'étaient trois cent mille francs à noyer dans le gouffre. Tout le génie de Reynier avait abouti, selon sa coutume, à conseiller de jouer à la bourse dans l'espoir de gagner la somme nécessaire aux achats. Mais on ne joue pas sans argent; Maurice avait risqué et perdu cent cinquante mille francs à lui, de ses propres épargnes, pour avoir les trois cent mille. Sa douleur était moins encore cependant dans cette perte, grave au fond, que dans l'impossibilité de poursuivre désormais cette grande affaire du chemin de fer de Saint-Denis à La Chapelle, qui comblerait tous les déficits. Tandis que Reynier court dans Paris pour rallier ces trois cent mille francs, Maurice se désole dans son cabinet d'avoir tant sacrifié à une entreprise qu'il faut abandonner à moins d'y sacrifier dix fois davantage.

— Au moins, si chez moi, ici, j'avais la consolation du repos domestique pour oublier les douleurs présentes, pour songer avec calme aux moyens de réparer cette brèche faite à ma fortune! Mais non; mon existence a été empoisonnée; ce que j'ai vu, ce que j'ai appris est là, sur mon cœur, comme du feu; et je ne sais trop ce que je viens chercher ici; quel rôle jouer? Je n'ai ni liberté d'ame, ni énergie à partager entre mes deux malheurs. — Que dire à Léonide? «Sortez! vous m'avez déshonoré!» et à Édouard : « Tu m'as trahi; je ne te dois plus rien, je te livre au premier passant qui, à son tour, te livrera à tes juges. Sors aussi! » Pourquoi, non? Et fermer ensuite la porte sur eux; et seul alors, jeune homme comme autrefois, libre, recommencer ma vie active; n'ambitionner que ce que je pourrai posséder par mon travail...C'est un rêve. Je n'ai plus vingt-cinq ans. Le monde, que penserait-il?

Quand on me demanderait ce qu'est devenue ma femme, si je répondais qu'elle est absente, on le croirait pendant deux mois ; ensuite on rirait, on murmurerait, on supposerait, on dirait qu'elle était ma maîtresse ; ajoutant que j'ai été un infâme de l'avoir produite et nommée partout comme ma femme : et si, par hasard, de plus indulgens ou de mieux informés consentaient à croire que c'était bien ma femme légitime, celle dont je me serais séparé, alors on aurait découvert la vérité, la vérité qui tue dans les petites villes. Et moi qui ai besoin d'entourer ma maison de tant de silence et de tant de chasteté ! Une rumeur de blâme à travers ma vie, un souffle de ridicule sur'mon toit, me tuerait comme un faux dans mes actes.

Et pourtant, je rougis à penser que je me tairai devant ma femme, devant Édouard ; qu'elle va venir ; qu'il s'assiéra à ma table, ce soir ; qu'ils y seront tous deux ; qu'elle me parlera ; qu'il me demandera, lui, des nouvelles de la Vendée. Et je ne dirai pas à celle-ci :— Cet homme est votre amant, Madame ! à celui-là :

— Oui vous êtes son amant, et de plus vous
êtes condamné à mort ; sortez !

— Sortez, lui crierai-je : oui! Et pourquoi
pas! Sortez! et que tu ne sois plaint de personne en montant sur l'échafaud. De personne!
ni des inconnus ni des tiens : les uns sans pitié
pour tes opinions ; les autres sans courage pour
te délivrer. Nous avons la simplicité de croire
à la noblesse d'opinion de ces gens-là. Qu'il eût
séduit Léonide au bal, où les femmes sont au
plus entraînant, au plus fou, au plus frivole, que
sais-je, moi, homme de retraite? Qu'il se fût
fait aimer d'elle dans les mille occasions que
notre lâche société offre à tous les corrup-
teurs, — ailleurs que chez moi : bien ! mais
l'abriter et l'avoir pour ennemi ; mais lui faire
manger mon pain et mon honneur! Je n'ai été
qu'un pauvre sot, dupe de mon bon cœur ; et
j'éprouve que le plus sage est de ne compter sur
aucune reconnaissance dans la vie ; que l'égoïsme
est la cuirasse d'acier dont il faut s'envelopper,
pour traverser, sans meurtrissures, une société
armée de pointes empoisonnées.

Eut-on jamais plus de tourmens? Cela pour

elle. Qu'ai-je besoin d'être si riche, moi? Mais
elle jalouse les plus difficiles jouissances, et ma
tâche est de les lui procurer, n'importe à quel
prix. Ma jeunesse, mes nuits, ma réputation
sont sacrifiées à échafauder son ambition. Et,
quand je rentre chez moi, chercher le recueil-
lement en récompense de mes luttes au dehors,
un autre est dans mon lit. Ainsi la bataille au
dehors; au dedans la honte. Qui le croirait?
c'est lorsque les soucis d'une fortune acquise
pour elle, blessure à blessure, me vieillissent,
c'est lorsque l'effroi de toutes les responsabilités
assumées sur ma tête m'égare, c'est quand je
suis sur le point de surprendre l'adultère auprès de mon foyer, qu'une femme, imbue de
je ne sais quelles stupides maximes, se dresse
devant moi et réclame sa liberté. Et que fe-
raient-elles, les femmes, si elles étaient plus
libres? Comment le seraient-elles davantage
et nous aviliraient-elles mieux?

Léonide parut à la porte du cabinet.

L'altération de ses traits était moins la
marque du repentir et de la peur que celle d'une

colère long-temps concentrée ; ses lèvres trem-
blaient.

Elle essaya de parler debout, mais ses jambes fléchirent.

Maurice lui avança un fauteuil.

— Savez-vous, dit-elle en affectant de sourire, que M. Édouard.....? Mais je ne vous ai
jamais vu si pâle, s'interrompit-elle en aperce-
vant la figure de Maurice au dessus de la sienne.

— Ce n'est rien; ma pâleur est causée par la
vôtre ; poursuivez.

— Hé bien, dis-je, M. Édouard est l'amant
de... devinez.

— La hardiesse est nouvelle, Léonide. Il est
l'amant... que m'importe de qui? Le confident
est bien choisi !

La physionomie de Léonide passa comme un
éclair de la colère à l'étonnement. Comprimée
entre une dénonciation préparée et une équivoque inattendue, elle fut saisie ; la respiration
lui manqua.

— Dites toujours : j'écoute. Il m'est curieux,
vous l'avez jugé ainsi vous-même, d'apprendre
de qui M. Édouard est l'amant. Je ne lui sup-

pose pourtant pas, à ce digne jeune homme,
beaucoup de facilités, dans la position où il se
trouve, de se prodiguer en bonnes fortunes. Il
est présumable qu'il n'aura pas poussé au delà
des limites de la prudence le cours de ses équi-
pées, et qu'il aura concilié les élans de la passion
avec les restrictions de la retraite. Mais j'ou-
blie que c'est à vous de m'instruire.

Ce ton ironique, cette parole moqueuse que
n'avait jamais eus Maurice ne laissaient aucune
faculté libre à Léonide. Elle s'épuisait, dans la
rapidité de ses observations, à distinguer le
véritable sens des pensées de son mari. Allait-il
au devant des délations qu'elle apportait, ou
les tournait-il contre elle, irréprochable qu'elle
n'était pas?

Léonide devait sur-le-champ parler ou mourir.

Elle se mit à rire à gorge déployée.

Maurice la jugea folle ou se crut fou.

— Eh! mon Dieu! ne dirait-on pas à votre
air décontenancé que vous êtes son rival? Vous
êtes ironie de la tête aux pieds. Attendez au
moins de connaître la femme aimée d'Édouard.

Votre figure bouleversée m'alarmerait pour votre fidélité.

Léonide rit plus fort.

La colère est imitative, comme toutes les excitations nerveuses. Attaqué avec l'arme du rire, Maurice rit aussi, mais faux, et sans que lui ni sa femme perdissent dans ce double mensonge l'ambiguité de leur situation.

— Édouard, vous disais-je, aime une jeune personne que vous connaissez beaucoup.

— Je le présume.

— Fort jeune et fort jolie.

— Puisque vous l'assurez.

— Qu'il voit assidûment.

— Raillez-vous? interrompit Maurice qui le premier consuma ce rire phosphorique et revint à son ton naturel ; raillez-vous?

—Vous auriez quelque raison de croire qu'on se joue de votre crédulité, vous qui savez qu'on n'entre dans le pavillon d'Édouard ni qu'on n'en sort sans difficulté.

— C'est donc chez lui, vous daignez me l'apprendre, qu'ont lieu les rendez-vous? Heureux proscrit ! Le malheur, il est vrai, a tant d'ascendant sur les femmes, la pitié est chez elles si voisine d'un sentiment plus tendre, que je comprends la félicité de notre ami. Seulement il me semble qu'il nous compromet beaucoup ; ne trouvez-vous pas ?

— Vous en dites d'abord plus que je n'en sais, Maurice, répliqua Léonide qui, entrée pour accuser, était tout étonnée de subir presque une accusation, toute gauche de façonner la menace en plaisanterie et d'amincir sa colère en ironie. Je n'ai pas avancé, comprenez-moi, que la maîtresse de M. Édouard fût allée à son pavillon. Voilà des détails qui vous appartiennent. Je n'ai pas dit...

— Moi j'assure, affirma sèchement Maurice, qu'elle y va ; je l'assure.

— C'est que vous en avez appris plus que moi, répliqua Léonide. Changeant la voie de ses inductions, elle supposa réellement Maurice au courant de l'intrigue d'Édouard avec mademoiselle de Meilhan, et se crut sauvée de tout soupçon.

— Vraiment, vous savez qu'elle se rend au pavillon d'Édouard ?

— Oui, et la nuit.

— La nuit, Maurice?

— A dix heures, tous les soirs, par le caveau.

— Par le caveau! répéta Léonide, écho précipité de chaque phrase de Maurice. Sa pensée
fut : « Nous aurions pu, Maurice et moi, nous
« heurter dans l'obscurité. »

— Alors, poursuivit Maurice, les rideaux
rouges sont tirés ; la lumière de la lampe est
adoucie ; il n'y a de vivant dans le pavillon
que deux corps qui ne font qu'une ombre.

Léonide eut froid; elle ne fut maîtresse du
frisson qui la saisit, qu'en serrant les poings et
en pesant de toute son énergie morale sur
son corps. Elle noua ses nerfs autour de sa
peur.

L'infâme, pensa-t-elle, il renouvelait donc
avec elle la comédie qu'il avait jouée avec moi,
si je n'étais moi-même pour lui l'occasion de ré-
péter son rôle.

— Et qui vous a révélé cela? demanda-t-elle
d'un ton impératif, et qui aurait dû mettre à
nu, devant Maurice, l'amour qu'elle portait à
Édouard ; qui l'a vu pour le dire?

— Moi! Que trouvez-vous d'étonnant à ce que j'aie été témoin des preuves d'un amour dont vous étiez si bien convaincue vous-même, que vous accouriez tout exprès m'en apprendre l'existence? Les effets paraissent vous scandaliser beaucoup plus que la cause. Peut-être, et c'est tout ce que j'explique de votre surprise, ne comptiez-vous me révéler qu'un amour platonique, d'enfant, de chérubin, jouet d'ivoire des coquettes, avoué un beau jour, de peur que l'Almaviva du logis n'aille au devant d'une enquête plus sérieuse. On risque une confession tronquée pour éviter le réquisitoire, n'est-ce pas? Tel n'est pas l'amour de cette femme pour Édouard, je vous l'assure; c'est une passion, honteuse comme tout ce qui est caché, qui n'a plus même le piquant du mystère, car celui à l'honneur duquel elle touche est instruit et n'a qu'à choisir entre les moyens de vengeance.

Les deux soupçons qui se disputaient l'esprit de Léonide l'emportaient l'un sur l'autre à chaque instant : tantôt elle croyait sincère l'indignation de son mari : alors elle rentrait dans sa première résolution de lui faire partager sa haine

jalouse pour Édouard; elle s'oubliait même,
dépassait le sang-froid du simple témoignage;
et tantôt, croyant sentir des allusions direc-
tes sous chaque phrase de Maurice, elle se
tenait sur la défensive, elle se retranchait derrière les dénégations comme une accusée. Sa dernière présomption fut que Maurice parlait d'elle.
C'était l'outrage fait au mari et non la colère
de l'hôte qui avait percé dans ses expressions.

— Mais pour être sûr, ainsi que vous l'affir-
mez, reprit-elle, que M. Édouard reçoit une
femme dans le pavillon, avez-vous donc une conviction certaine, inébranlable, fondée et non
puisée dans le doute que j'ai fait naître peut-
être la première dans votre esprit? Croyez-
vous, si une conviction telle vous manque,
qu'une femme soit assez imprudente pour se ha-
sarder la nuit dans les détours d'une maison
étrangère, et pour y voir un jeune homme caché
dans cette maison, sans craindre d'être aperçue en entrant ou en sortant? Le croyez-vous?

— Et vous, Léonide?

— Non, je ne le crois pas!

Quelque habile que soit la parole dans les

momens où la colère se retire pour laisser sa chaleur à l'esprit, elle fut insuffisante ici à Maurice et à sa femme pour exprimer leur situation.
Ils s'interrogeaient et se répondaient bien plus
avec leurs gestes et leurs visages qu'avec la
bouche.

Léonide s'était relevée par une dénégation
audacieuse ; c'était au tour de Maurice à fléchir. Était-il bien convaincu que la femme enfermée avec Édouard fût la sienne ? Léonide,
il est vrai, était absente de la chambre à coucher
lorsqu'il était descendu dans le caveau ; mais
avait-il eu assez de sang-froid pour s'assurer que
ce fût réellement elle et non une autre femme
qui était dans le pavillon ? L'aveu volontaire de
Léonide était presque la preuve certaine d'une
erreur. Pourquoi, bien que l'événement fût peu
ordinaire, n'aurait-elle pas été en soirée chez
une amie, quand il était rentré? On ne condamne
pas sans retour une femme uniquement d'après
la délation grossière d'une ombre sur le mur. Ce
doute rafraîchit les sens de Maurice : un nuage
sombre monta de son visage et ne dévoila un
moment que des traits paisibles et bienveillans

—Soyez persuadée comme de votre existence, reprit-il avec franchise, que j'ai entendu rire et causer hier dans le pavillon d'Édouard. Vous étiez probablement absente quand je rentrai pour chercher mes pistolets. Ayant vu la porte du caveau ouverte, j'y descendis et je fus témoin de ce que je vous affirme maintenant.

Léonide, sentant que les forces lui manquaient pour faire face à la sincérité de cet aveu, employa sa défaillance à jouer la surprise. Son haleine brisée, sa parole courte, la décoloration de ses joues exprimaient à la rigueur une terreur comme une autre. L'essentiel était de mettre un corps sous ce masque.

— Ce que vous m'apprenez m'épouvante, m'anéantit. La porte du caveau ouverte! une femme chez M. Édouard, la nuit! Il descend donc à la rivière pour lui ouvrir, la nuit! Mais on sait donc qu'il se cache chez nous? Je ne croyais pas le mal si grand. Décidément c'est une raison pour que j'achève de vous communiquer le motif qui m'amène dans votre cabinet.

Ce que je vous demande est hardi, mais

il faut y consentir : éloignez M. Édouard de
Chantilly, de notre maison. Croyez-moi : à défaut de notre intérêt personnel qui exige ce sacrifice, le sien le commande. Sa passion est un
péril permanent pour nous. — Répond-il du
silence de cette femme à laquelle il ne doit rien
taire? Qu'un frère soupçonneux, qu'un rival
attentif, qu'un père ait épié ses pas, et tout le
monde saura tôt ou tard qui vous recélez; tort
très-grave pour vous, malheur incalculable
pour M. Édouard. Les solitudes défendent mal :
c'est au centre de Paris même qu'il trouvera
un asile impénétrable. Sans blesser les lois de
l'hospitalité, engagez-le à s'y rendre ; une fois
à Paris, nous serons plus tranquilles sur son
sort et une terrible responsabilité aura cessé de
peser sur nous.

Ma femme, pensa Maurice, sollicite le renvoi d'Édouard, elle qui, il y a quelques jours,
me priait presqu'à genoux de ne pas le laisser
partir pour Paris? Ce changement si brusque
de résolution, d'où naît-il? Que s'est-il passé?
Dans tous les cas, pourquoi m'effraierais-je? Ce
serait certes une singulière et nouvelle manière

d'aimer que de renvoyer l'homme qu'on aime. Léonide craint-elle de succomber à une passion dont elle tient à écarter la cause? Appeler une explication là-dessus, c'est blesser sa délicatesse; il suffit, je crois, de consentir à sa proposition : c'est tout comprendre. Oui! mais n'est-ce pas me ramener à mes premiers doutes, m'obliger à la rattacher de nouveau à la scène du pavillon? Au fond, pourquoi? Il y a deux femmes compromises; c'est visible. De cette double passion, pourquoi Léonide n'aurait-elle pas éprouvé que la jalousie? Absurdes et lâches énigmes où j'embrouille ma vie et l'étrangle.

—Vous n'auriez pas de plus impérieux motifs, Léonide, pour me demander son renvoi?

— Pardon, j'en ai d'autres ; mais je ne vous les dirai que lorsque M. Édouard ne sera plus ici.

—Vous désirez donc résolument qu'il parte?

—Oui, et aujourd'hui même, avant la nuit.

Maurice réfléchit pendant quelques minutes, résuma avec promptitude la conversation qu'il venait d'avoir avec sa femme, et il répondit :

— Édouard sera à trois heures sur la route de Paris.

— Vous le promettez, Maurice; vous me le jurez!

— Je vous le promets. Il ajouta intérieurement : Mes présomptions sont fondées ; j'ai mis le doigt sur la vérité : Léonide n'a que le tort involontaire d'aimer Édouard. Quoi qu'il m'en coûte, ma prudence de mari sera sourde, dans cette occasion, à mes scrupules d'ami. Édouard partira; mais il quittera Chantilly non accompagné de mon ingratitude, mais de mes regrets. Je lui ménagerai à Paris une retraite; je l'y conduirai. Là, toujours entouré de mes soins, il attendra que ses amis et moi lui facilitions les moyens de passer en Angleterre ou en Allemagne.

Un poids horrible se détacha de la poitrine de Maurice. Il ressentit plus vivement les pertes d'argent qu'il avait éprouvées.

— J'attends votre frère, Léonide : je suis dans l'impatience de son retour. Dès qu'il sera rentré, faites le passer aussitôt dans mon cabinet, je vous en prie. Allez dans votre appar-

2.

tement ; moi je me rends de ce pas au pavillon
d'Édouard, pour lui communiquer notre commune résolution.

— Commanderai-je des chevaux pour trois
heures ?

— Chargez-vous de ce soin , Léonide.

Léonide se retira.

Dès qu'elle fut partie, Maurice se dirigea
vers le tambour des deux portes. Il se baissait
pour soulever la trappe , lorsqu'il la vit s'élever
et paraître Édouard qui le suivit dans le cabinet.

— C'est chez le notaire que je viens, dit
Édouard en s'asseyant : me promet-il d'être aussi
bon pour moi que l'ami ?

— S'il le peut, pourquoi non ?

— Il le peut. Tu me dispenses des précautions
oratoires usitées dans les romans : arrivons au fait
tout de suite. Je suis fils unique, tu le sais ; ma
fortune est à moi, avec le droit d'en disposer à
mon gré sans en référer à personne. Ceux qui
auraient quelque prétention sur mes biens sont
des parens si éloignés et la plupart si riches , que
sans injustice ma générosité peut les ignorer.
Une condamnation à mort ne fut jamais un bre-

vet de longévité. Qu'on m'arrête demain : dans
trois jours, je n'existe plus ; et ce que je possé-
dais ira grossir les fortunes déjà immenses de
ces parens dont je te parlais. Il est prudent de
se mettre en règle. Tu me vois chez toi pour
toutes ces raisons. Décidé à partir demain pour
Paris : c'est encore une raison, n'est-ce pas,
pour hâter mes dispositions ? Dresse donc un
écrit simple et clair dans lequel tu stipuleras
que je laisse mes biens à partager après ma
mort en trois parties égales : la première partie
reviendra à..... le nom en blanc ; la seconde
aux paysans pauvres de ma commune en Vendée ; la troisième à Louis-François Maurice, notaire à Chantilly.

— Tu es fou ?

— Très-raisonnable, au contraire. Ajoute
que si, dans six mois, à dater d'aujourd'hui, je
n'ai pas rempli par le nom du premier légataire
le blanc qui en occupe la place, son tiers sera
reversible en proportions égales sur mes deux
autres héritiers. Tourne cela en termes de notaire. Mes biens s'élèvent à quinze cent mille
francs net, sur lesquels en voilà trois cent mille

en billets de banque, que je te remets. Prends cela d'abord.

Sauvé ! pensa Maurice ; sauvé ! Ma grande affaire aura lieu, ou plutôt qu'ai-je besoin de m'embarrasser d'affaires ? Me voilà riche. Oh ! Léonide ne me persécutera plus. Se levant avec une joie indicible, il sauta au cou d'Édouard.

— Tu acceptes, n'est-ce pas, Maurice?

— Non.

— Allons donc ! préfères-tu que mes biens passent à des indifférens ? Où mets-tu la délicatesse ? Que je me survive au moins dans le souvenir de ceux que j'ai aimés ; ils m'oublieront moins vite en ayant sous les yeux ce qui m'aura appartenu. Et quelle raison as-tu pour me refuser ?

— Ai-je fait assez, Édouard, pour que tu me donnes non ta fortune — car j'espère que tu en jouiras seul et long-temps, et que tes enfans en jouiront après toi — mais pour mériter cette preuve d'une reconnaissance qui me rend presque de ton sang?

— Faut-il que je te rappelle, Maurice, notre amitié d'enfance, tes services, ton hospitalité

à cœur ouvert, ma vie jusqu'à ce jour sauvée
par toi? Ce n'est pas de l'or que je te donne :
c'est ce que je laisse sur la terre. Est-ce ma
faute si le souvenir est gâté par son trop de
valeur ? j'aurais voulu être pauvre. Mais, parce
que je suis riche, repousseras-tu mon héritage?

— Non, Édouard, et c'est parce que je t'ai
rendu quelques services devenus peut-être plus
importans par l'enchaînement des circonstances,
que je n'accepterai point tes offres. Je me re-
procherais de m'être fait payer en argent le saint
droit d'asile. D'ailleurs notre amitié est presque
une parenté, et à ce titre la loi me défend de
participer à de tels bénéfices testamentaires.

— Singulière objection! Parce que tu es
mon ami et notaire, je dois être ingrat; et toujours attendu que tu es notaire, tu veux te regarder comme étranger à ce qui me touche.
A qui laissera-t-on ses biens? à ceux qu'on
n'aime pas? La loi aurait-elle arrêté que les notaires n'auraient pas d'amis ? Tes scrupules
sont d'ailleurs faciles à lever.

Édouard prit une plume, une feuille de papier, et, en quelques minutes, il eut dressé un

testament écrit de sa main, signé par lui, qu'il cacheta et remit à Maurice.

— Mais pourquoi cette précipitation, Édouard? vas-tu donc mourir dans la soirée? Tu ferais venir de sinistres pensées.

Maurice s'empara de la main d'Édouard.

— Quel projet roules-tu donc dans ta tête?

— Je te l'ai dit, Maurice; je pars pour Paris.

Quelle obstination à nous quitter, pensa Maurice. Voilà qui est singulier : au moment où je vais chez lui, il se rend chez moi; et c'est lorsque je me prépare à lui dire la nécessité où nous sommes de nous séparer, qu'il me signifie son départ. N'y a-t-il que du hasard là dedans?

— Ainsi tu comprends, poursuivit Édouard, l'urgence de mes précautions. Oui, je vais à Paris, je vais une dernière fois me mêler à la politique active. Des espérances nouvelles m'ont fait rougir de mon inutilité au parti qui a mes affections; il a une dernière chance à courir; je prétends la partager. Pardonne-moi si je ne t'en confie pas davantage. Ta conviction répugnerait à croire à ces espérances ; la mienne

souffrirait à les entendre nier. Ma vie n'est
déjà plus une question : je joue rien contre
tout. Mort, mes mesures sont justifiées par l'é-
vénement, n'est-ce pas? Vivant et vainqueur
— pardonne-moi, Maurice, cette supposition
— je déchire ce testament, et reprends ma fortune; y consens-tu?.

Maurice n'était plus du tout à ce que disait Édouard; il tenait machinalement le papier qu'il lui avait remis, et il rapprochait la
prière de sa femme, de faire partir Édouard
pour Paris, et la présence de celui-ci demandant
avec instance à quitter Chantilly. Non, réflé-
chissait-il, il est impossible qu'ils ne soient pas
d'accord pour s'être ainsi rencontrés. Que s'est-
il donc passé entre elle et lui? Elle a été pourtant
bien ferme; et Édouard se montre si noble...
Joueraient-ils un rôle long-temps médité?
Vingt fois, depuis qu'il est avec nous, les circonstances ont été aussi impérieuses sans qu'il
ait demandé à partir. Je ne crois donc pas au
prétexte politique d'Édouard; il est vague. Comment savoir la vérité?... Mais Léonide n'a-t-elle
pas insisté? se demanda Maurice illuminé tout

à coup, pour qu'Édouard partît avant la
nuit? N'a-t-elle pas là dessus exigé ma parole,
mon serment... N'a-t-elle pas couru commander
des chevaux pour trois heures? Si cette précision cachait ce que je cherche à savoir?

— Hé bien, Édouard, mon ami, va où le
Ciel t'appelle; tu partiras pour Paris où je t'ac-
compagnerai, cet après-midi, à trois heures.

— Non, pas aujourd'hui, Maurice; mais demain...

— Je découvre tout! j'ai touché le fait personnel à Léonide et à Édouard. Ce départ est
concerté; mais il y a désaccord entre eux sur le
jour et sur l'heure. N'importe : il y a une détermination convenue, arrêtée à deux : qu'est-
ce qui l'a précédée? qu'est-ce qui la nécessite?

—Pourquoi donc pas à trois heures, Édouard?
nous ferions route pendant la nuit, ce qui nous
convient parfaitement. Allons! cela nous arrange
mieux; tu n'y avais pas songé. Je vais sonner
pour qu'à trois heures les chevaux soient prêts.

Maurice alla vers la sonnette.

Édouard l'arrêta.

— Je t'en prie, consens à ce délai : pas aujourd'hui, demain. Au fond, que t'importe ?

« Il me supplie de lui accorder ce délai : tout est là. Mais qu'est-ce qui est là ? J'ai évoqué ce doute : il est venu. Quelle lumière en tirerai-je maintenant ? il m'effraie. »

— Non, Édouard, il faut que tu quittes Chantilly à trois heures. Je veille sur toi : je ne réponds de toi qu'à ce prix.

— Mais enfin, pourquoi exiges-tu que je parte aujourd'hui ? me l'apprendras-tu, Maurice ?

— Et enfin pourquoi ne partirais-tu pas aujourd'hui ? me l'apprendras-tu, Édouard ?

Ils marchèrent l'un sur l'autre, s'arrêtèrent à un pas de distance, et se regardèrent sans parler, maîtres tous deux de leur espèce de sang-froid. Ce n'étaient pas deux hommes cherchant à s'emparer de leur secret, mais plutôt se demandant : « Avons-nous un secret ? » Quoi qu'il dût s'en suivre de ce choc, il n'en était pas moins résulté une première atteinte de défiance entre les deux amis : leur amitié avait sa souillure.

— Au moins une raison de ce refus, Édouard ;
une seule ?

— Je ne le puis.

— Je t'en supplie.

— Non, Maurice.

— Mais si je l'exigeais ?...

— Je te refuserais encore, Maurice. Ma vie
a été à toi pendant quatre mois ; elle est encore
entre tes mains ; ma fortune t'appartient ;
mais ceci n'est pas à moi, je ne le confierai à
personne.

— Chez moi un secret ! un secret qu'on me
tait !

— De quoi t'étonnes-tu, toi qui en reçois
tant et qui n'en as jamais violé ?

— J'ai peut-être tort, répondit Maurice
avec une grande apparence de sincérité ; j'aurais
dû comprendre que ce que tu me caches, n'ayant
aucun rapport à ta fortune ni à tes opinions,
était tout simplement une affaire de cœur où
personne n'avait le droit de pénétrer...

Ces dernières paroles furent dites d'un ton si
vrai, quoiqu'elles cachassent leur hypocrisie ;
elles furent accompagnées d'une étreinte

si involontaire , quoique peu désintéressée ,
qu'Édouard y fut pris comme Maurice lui-
même.

Il est des piéges d'instinct que l'on dresse par
l'irrésistible logique de la situation , et que l'on
arrange comme l'araignée tend ses fils ; on ne
songe pas à prendre : c'est la vie qui fait sa
toile.

Au reste , si Maurice employait sans calcul
dans ce moment la franchise comme adresse,
Édouard , de son côté , allait se montrer enfin
à cœur ouvert. Il supposa que son ami , craignant de l'effrayer en lui annonçant quelque
nouveau péril dont il était menacé , hâtait ainsi
le moment de leur séparation. Les suites du
bal de Senlis pouvaient avoir déjà fait découvrir sa retraite ; des émissaires rôdaient depuis
plusieurs jours autour de Chantilly : Maurice
en avait sans doute aperçu , et il n'y avait pas
d'autre cause à son obstination mystérieuse.
Voilà ce qu'Édouard imagina.

— Je te remercie de ta générosité , Maurice ;
tu me comprends enfin ! Sois meilleur que je
n'ai été sincère.

« Il est donc vrai qu'il l'aime ! Je ne me suis pas trompé. Il me remercie encore de ma générosité. Mais qu'est-ce donc que le monde ? »

— Oui ! Maurice, j'avais ici un attachement de cœur que j'emporte : un attachement si vif et si brûlant, que je n'ai jamais eu le sang-froid de le fixer , ni de m'en rendre compte. Au moment de le vaincre peut-être par l'éloignement , je m'en accuse comme d'une faute.

—Mais, Édouard, Édouard ! interrompit Maurice en marchant à grands pas dans le cabinet, tu te méprends sans doute sur le choix du confident ; tu oublies à qui tu parles, chez qui tu es. Tu parles d'amour dans ma maison, et dans ma maison il n'y a qu'une femme, et cette femme est la mienne ! Cet or, que tu enveloppes pour moi dans un testament, est-il pour payer l'hospitalité ou ma femme ? Par quelle étrange erreur confies-tu au mari, que tu as trahi le mari ; à l'hôte, que tu as souillé l'hôte ; que veux-tu de plus ?

Est-ce une erreur, est-ce la connaissance entière de ma conduite qui le fait ainsi parler ? eut à peine le temps de penser Édouard. Me

croit-il l'amant de sa femme et de mademoiselle
de Meilhan, ou de sa femme seulement ?...

— Apprends tout, Maurice !

— Que me reste-t-il à savoir, malheureux ?

— Mademoiselle de Meilhan sera bientôt
mère !

Maurice tomba dans son fauteuil.

— Silence pour toi et pour moi, mon ami !

—Qu'ai-je dit, Édouard ? qu'ai-je supposé ? La
révélation est si belle pour moi, que je n'ai
plus le courage de te blâmer. Tu me rends ma
femme, que tu n'as pas désirée, n'est-ce pas ?
Ce qu'elle a tant fait d'efforts pour me dire, c'est
donc cela. Que ne l'ai-je comprise ! Son énigme
s'explique : vous en aviez chacun la moitié. Elle
veut que tu partes, parce qu'elle craint pour
cette enfant dont elle est l'amie, presque la mère.
Elle a ses projets là-dessus : les tiens sont de ré-
soudre nettement ton sort afin de pouvoir t'unir
à Caroline. Oui ! ce blanc laissé sur cet écrit
tracé de ta main sera rempli par son nom. Mon
Dieu ! que la vérité est simple ; quelle puissance
infernale se plaît donc à la cacher ? Un ami
perdu, une réputation avilie, un ménage détruit,

sur un mot. Ce mot prononcé, la paix descend du ciel. Viens, viens sur moi, Édouard ; mais, avant tout, écris ce nom sur ce papier ; que je le lise. Réparation pour tous ! honneur rendu au mari, richesse à l'orpheline! reconnaissance à Dieu ! Écris , écris!

Édouard, attendri jusqu'aux larmes, prit la plume et à la suite de ces mots : *Je laisse mes biens à partager en trois parties égales : la première partie reviendra*, il écrivit ceux-ci : *A mademoiselle Caroline de Meilhan.*

— Et, maintenant pars. Va, choisis le jour, l'heure ; que m'importe l'heure ? arrête ton sort. Reviens ensuite! reviens, Édouard! car ta femme t'attendra, mon ami, ta femme! triomphe ta cause! si je ne dois te revoir qu'à ce prix.

Maurice avait presque oublié dans son délire qu'il était à demi ruiné s'il ne trouvait pas les trois cent mille francs pour acheter les dix maisons de La Chapelle.

II.

Maurice éprouvait l'étourdissement d'un homme qui, tombé d'un second étage, se retrouve sur ses pieds, sans fractures, secoué seulement dans tous ses membres. Ces sortes de félicités sont bien vives ; il est sage cependant de ne pas abuser des moyens qui les procurent. Au souffle de sa tranquillité d'ame revenue, les nuages orageux pressés couche sur couche autour de son front s'évaporaient ; il goûtait avec plénitude la joie de la paix domestique, chose sainte, pure et bénie, qui fait paraître le pain noir si bon, la chaise brisée aussi molle que le fauteuil en velours, et les nombreux enfans que Dieu vous a envoyés, fussent-ils pâles et nécessiteux comme le besoin, beaux comme des anges, beaux comme leur mère.

Victor entra; son aspect ramena de nouveau Maurice sur les pertes qu'il avait essuyées.

— Ne nous endormons pas, Maurice. Nous jouons avec la fortune; elle est fine joueuse; soyons plus adroits qu'elle, si c'est possible. L'adresse est tout entière dans la promptitude à combler les vides qu'elle creuse; on passe dessus; on glisse là où d'autres ne savent que s'abîmer. Tu as perdu; nous avons perdu; c'est vrai; il n'y a là de la faute de personne.

— Excepté, Victor, de la faute de ceux qui jouent.

— Te voilà encore; toujours le même. Et qui ne joue pas? Regarde autour de toi, près de toi, sous toi : ce ne sont pas les exemples qui te manquent. Qu'est-ce que tes fermiers qui serrent leur blé trois ans en grenier pour attendre qu'il hausse sur les marchés, au risque de le voir pourrir et germer? Qu'est-ce que tes honnêtes bourgeois qui amassent des louis, dans l'espoir sordide de revendre la pièce de vingt francs avec un bénéfice de quatre sous? Le change, l'accaparement, le monopole, n'est-ce pas là aussi du jeu?

— Je ne prétends pas le contraire, Victor; mais quel panégyrique entreprends-tu si chaudement?

— Le nôtre, Maurice. Et distingue, en outre : nous ne jouons pas uniquement pour jouer, pour avoir de l'or pour de l'or. Une opération colossale est conçue par nous; pour la réaliser, il nous faut de l'argent, beaucoup d'argent; nous en manquons, qui nous l'avancera? Le gouvernement? cercle vicieux : il emprunte; comment prêterait-il? Les banquiers? l'intérêt dévorera le capital : c'est chasser avec le lion.

Aie recours aux hommes d'argent, et l'usure rongera le gain de l'opération; nous serons ruinés le jour même où nous aurons réussi. D'ailleurs, entre la consomption de l'usure et la foudroyante décision du jeu, je préfère le jeu qui enrichit

plus vite, et qui, s'il ruine, ne prend pas du
moins de commission. Renoncera-t-on à une entreprise utile au pays, de ce que l'unique moyen
d'avoir les fonds nécessaires à son exécution est
de recourir au jeu de la bourse? Quelle œuvre,
quand elle se présente aussi vaste que la nôtre,
n'absout pas d'avance la série de causes dont
elle est résultée? Je lisais hier dans ton journal, Maurice, que Paris ne serait vraiment
la métropole du monde, que lorsque, de toutes
ses portes des chemins de fer partiraient pour
rayonner sur la surface de la France. Très-
judicieusement, selon moi, il ajoutait qu'il
ne fallait pás espérer ce progrès de la part
du gouvernement, toujours retenu par la
crainte, peut-être raisonnable au fond, d'éta-
blir trop de communications entre les peuples,
entre Paris et les départemens, déjà assez mo-
ralement unis. Aux fortunes particulières, aux
dévoùmens des citoyens, il appartient, affir-
mait ton excellent journal, de prendre l'inia-
tive dans l'exploitation des chemins de fer. Je te
montrerai ce passage. Maintenant revenons au
plus pressé. Dix maisons nous restent à acheter

à La Chapelle; une fois achetées, le côté entier de la rue est à nous. Ou le chemin de fer
nous sera concédé, ce qui est plus probable
que le lever du soleil demain matin, ou nous
obtiendrons, en notre qualité de détenteurs
des propriétés, ce qu'il nous plaira, pour que le
chemin s'effectue sans nous. Tu as entendu :
dix maisons seulement à acquérir ; et l'affaire
est au sac.

— Mais où prendre, Victor, ces trois cent
mille francs qu'on demande pour ces dix maisons ?

— Où les prendre ? mais partout. Où n'y
a-t-il pas trois cent mille francs ? Sans cet infernal revirement des rentes, nous ne pense-
rions plus à ces maisons. Puisqu'il ne nous a
pas été favorable, voyons, as-tu là cent mille
écus disponibles?

— Disponibles?... non.

— Le motif?

— C'est qu'ils ne m'appartiennent pas ; je les
garde en dépôt.

— Tu as donc cent mille écus ? Nous sommes
sauvés ; donne !

— Y songes-tu ? Avec quelle légèreté! Une pareille somme ! et si.....

— Et si quoi ? Nous n'allons pas les jouer à la roulette, j'espère ; nous les plaçons sur hypothèques ; et quelles hypothèques ! D'abord sur des maisons qui représentent quelque valeur et ensuite sur une opération..... la plus belle opération de l'époque.

—Cependant....

— Ne sers-tu pas l'intérêt à tes cliens ? Cet intérêt, où le prends-tu ?

— Je m'arrange, je dissémine mes dépôts avec précaution, je fais des placemens sûrs.

— Quoi de plus sûr que ce que je propose? D'ailleurs, Maurice, le moment est pressant; il s'agit de pousser à fin ou de laisser là l'affaire. As-tu ce dernier courage extravagant? Pas d'autre alternative. Abandonner, revendre à perte, nous ruiner dans l'opinion, ou se hâter de mener l'entreprise à pleines voiles dans le port. N'hésitons pas, car chacun de nos retards aplanit le chemin aux concurrens qui nous épient; ouvre les yeux aux propriétaires des dix dernières maisons, plus difficiles d'heure en

heure. Je devrais être déjà sur les lieux pour
en finir avec eux. Qu'est-ce donc que ces billets de banque ?

— Un dépôt qui vient d'être fait.

Victor avait aperçu les trois cent mille francs
d'Édouard.

— Celui-là comme un autre, y consens-tu ?

— Je ne puis : c'est d'un ami...

— De quel dépôt disposera-t-on si ce n'est de
celui d'un ami ? C'est un merveilleux placement
que cet ami te devra, Maurice. S'il y avait quelque danger à celui que je te propose, assurément
c'est le dernier argent auquel il faudrait songer ;
mais puisque le profit est clair — clair comme le
jour — que la préférence soit pour ton ami. Ne
sois pas ingrat.

— Crois-tu qu'on trouverait en cas de gêne
de l'argent sur notre opération ? demanda Maurice en hésitant ; car, je te l'avoue, la garantie
des maisons que nous achèterons, ainsi que
celles que nous avons déjà achetées, ne me paraît pas aussi solide qu'à toi, Victor.

— Veux-tu cinq cent mille francs dans vingt-
quatre heures sur ces maisons ? — mais, par

exemple, à la condition de divulguer le projet auquel ils seront appliqués — veux-tu ? — Réponds ; mais dépêchons-nous. Tout perdre, ou ces cent mille écus.

Victor s'était jeté, avec la précipitation d'un homme destiné à avoir du courage pour deux, sur le tas de billets de banque, et les comptait.

— M'accompagneras-tu à Paris, Maurice?

— Non, je suis trop fatigué.

— A ton aise. — Dix — vingt — trente. — Où est Léonide? Je ne l'ai pas vue en entrant.

— Elle est au jardin, sans doute.

— Quatre-vingts — cent — cent dix — Y a-t-il du nouveau en politique, Maurice?

— Des troubles dans le Midi ; des assassinats en Vendée.

— Misérables ! — Deux cent trente-neuf — deux cent soixante-trois. — On dit que nous sommes infestés de réfractaires qui rôdent autour de nos campagnes. Il m'a été assuré qu'hier soir un d'eux — celui-là est hardi! — a osé se montrer au bal de Senlis, où il y avait au grand complet toutes les autorités du département, et qu'on l'a comme de raison arrêté à la *pas-tourelle*. — Trois cents. — Voilà qui est fait.

Juste! trois cents billets de mille! on dirait qu'ils nous attendaient. La Providence les avait comptés.

Midi sonne : il n'y a pas une minute à perdre, Maurice. Je pars. Adieu donc! A trois heures je serai chez le notaire où notre contrat de vente avec les propriétaires des dix maisons de La Chapelle est dressé.

Victor enferma les billets dans son grand portefeuille; et il tendit la main à son beau-frère auquel il semblait dire : — Humilie-toi devant mon imagination.

— Au revoir, Maurice.

Bonne chance pour nous. Selon toute apparence, je serai de retour ici vers minuit. Attends-moi ; nous causerons de ce qui se sera passé chez le notaire. La démarche est décisive.

— Sois prudent, je t'en conjure, Victor. Cet argent est sacré.

— Tout argent est sacré, Maurice. J'aurai soin de celui-ci comme du mien propre.

Resté seul , Maurice essaya de continuer son rêve de béatitude domestique , interrompu par l'arrivée de son beau-frère ; l'effort fut in-utile.

III.

La Table-du-Roi est une large meule de pierre
élevée à quatre pieds du sol au milieu de la forêt de Chantilly. Elle est le centre de douze
routes qui, à des distances différentes, devien-
nent à leur tour des ronds-points d'où partent
d'autres rayons : ainsi à l'infini. La Table-du-
Roi est le soleil de ce système. Le grand Condé,
dans une halte de chasse royale, y donna un

déjeuner à Louis XIV qui l'a immortalisée,
comme tout ce qu'il a touché.

Par deux routes convergentes s'avancèrent
lentement, sur le tapis de feuilles roulées
et rougies par l'hiver, Édouard, enveloppé
dans son manteau, M. Clavier, portant une
de ces boîtes dont la forme révèle le contenu.

Ils arrivèrent presque en même temps au
bord de la Table-du-Roi. M. Clavier y déposa
ses pistolets, Édouard deux épées. Le manteau
de celui-ci fut jeté sur les armes; la prudence
exigeait cette précaution; la nuit n'était pas
venue : quelques bûcherons attardés se montraient encore entre les allées, à travers les
massifs éclaircis par l'automne ; et des rouliers
allant à Senlis, éveillaient par intervalle la
solitude du carrefour.

Édouard s'approcha de M. Clavier et le
salua.

Le vieillard inclina légèrement la tête.

Ils étaient face à face.

— Ce que cache votre manteau, commença
M. Clavier, prouve que nous ne nous sommes
mépris d'intention ni l'un ni l'autre. Notre ren-

contre d'hier a impérieusement déterminé pour
tous deux celle d'aujourd'hui : elle était donc
nécessaire, Monsieur.

— J'en conclurai simplement avec vous, répondit Édouard du ton le plus respectueux,
que les événemens, encore plus que notre volonté, ont fait que nous nous joignons ici dans
les dispositions où nous sommes. Cette pensée
nous rassure d'avance sur des résultats que
nous n'aurons pas absolument provoqués : il y
entre de la fatalité.

— A votre âge, moins positif que le mien,
et je vous en félicite, je raisonnais ainsi; je
n'avais tort que lorsque je le voulais bien. Souffrez qu'à soixante et dix ans, je ne sois pas de
votre avis. Si un événement nous amène ici,
c'est vous qui l'avez fait naître, c'est moi
qui l'ai subi. Vous représentez l'outrage,
moi la réparation. Vous voyez que la question
est très-personnelle. C'est un compte à régler
d'homme à homme.

— Puisque vous le désirez, Monsieur, j'accepterai le sens le moins favorable aux intentions que j'avais en venant ici. Je demanderai

seulement à essayer d'une explication que votre
raison calme écoutera et comprendra, je l'espère.

— Parlez, Monsieur ; que me direz-vous
pour effacer ce que j'ai appris ?

— La vérité.   .

— Elle arrive tard.

— Je suis proscrit.

— Je le fus ; après ?

— Ma tête est mise à prix.

— La mienne l'a été trois fois : après ?

— Obligé de me cacher chez un ami...

— Histoire de toutes les victimes politiques.
Un ennemi eut pour moi la même générosité :
c'est plus beau ; c'est aussi banal. Arrivons,
Monsieur. La nuit vient.

— Cet ami, poursuivit Édouard, a une
femme.

— L'ennemi qui m'offrit un asile en avait
une aussi. J'étais jeune, elle était belle : vous
allez m'en raconter autant. Je l'aimai et ne la
déshonorai pas. N'est-ce pas là tout votre roman ?

Édouard fut interdit.

— Presque tout, Monsieur.

Il baissa le front.

— J'attends que vous me parliez de Caroline. Dispensez-moi de ces précédens d'intrigue.
Le lieu est mal choisi, et je suis peu propre à
écouter de telles confidences. Laissons toutes les
femmes ; occupons-nous d'une seule, je vous
prie ?

— Comment parlerai-je de l'une, Monsieur,
sans commencer par l'autre ?

— Sais-je — par qui l'aurais-je appris — que
mademoiselle de Meilhan était dans la mêlée
de vos bonnes fortunes ? Caroline n'était qu'une
rivale ; votre embarras l'annonce assez. Parlez-
moi maintenant de votre ami.

— De l'ironie, Monsieur ! Que mon ami
reste en dehors de nos débats, je l'exige et vous
en conjure. Votre pénétration va trop loin, et
ce n'était pas la peine de m'interrompre pour
me provoquer à dire ce qui n'est point.

— Soit, Monsieur ; trêve à votre ami, à
sa femme, à tout le monde. N'éclaircissons
rien : décidons ; cela vaut mieux.

Le conventionnel saisit le coin du manteau

jeté sur les armes, exprimant par ce geste qu'il
renonçait à toute explication qu'il lui faudrait
entourer de tant de ménagemens.

Édouard replaça le manteau tel qu'il était
d'abord.

— Je n'ai donné, dit-il, reprenant la conversation de plus haut, aucune rivale à mademoiselle Caroline de Meilhan. La scène du bal
fut de ma part la conséquence d'une faiblesse et
non d'une complicité. Au péril de la réputation de la femme que j'accompagnais, j'ai dû
la défendre, s'il ne m'a pas été permis de la
venger.

— Dites plutôt au péril de votre vie. Monsieur, votre conduite fut courageuse, noble;
j'en fus témoin. J'aime mieux, au moment où
je vous parle, que la loi très-juste en vous frappant, ait été frustrée, que d'avoir vu un
homme de cœur trahi dans son dévoûment.
Enfant des révolutions et des armées, je ne
tolère le sang qu'au milieu de la bataille ou
dans la rue, quand la bataille s'y livre.
Après, c'est l'affaire du bourreau. Bien! très-
bien, Monsieur; vous étiez serré de près; seul

contre six , seul contre tous. Vous n'avez pas
pâli ; je vous regardais. Vos deux coups de pistolets dans la glace m'ont ravi l'ame ; j'ai
battu des mains et me suis dit : Sauvé ! c'é-
tait mon vœu... et; si vous eussiez crié : **A**
moi! un ancien proscrit se fût levé et vous
eussiez vu...

D'un commun élan , Édouard et le conventionnel se tendirent la main; mais, séparés
par la distance de la Table-du-Roi , leurs bras
retombèrent sur les épées.

— Voilà qui nous rappelle à notre devoir,
ajouta M. Clavier.

— Encore un instant, Monsieur. Ce cri,
échappé à mademoiselle de Meilhan vous a sans
doute instruit de l'attachement qui s'est formé
entre elle et moi. Cet attachement, que les
malheurs de ma situation ont fait mystérieux,
il est dans votre droit de le blâmer, de le
trancher d'un coup d'épée, si le sort vous favo-
rise ; mais je me laisserai plutôt tuer sur place
que de chercher à justifier en moi l'homme qui
a menti dans sa fidélité à Caroline.

— Je ne suis point ici pour vous adresser des

reproches de femme : je leur abandonne le privi-
lége de vous décerner ou de vous refuser à
leur tribunal le prix de constance. Je vous accuse, moi, et je viens essayer de vous punir
pour avoir troublé l'existence de mademoiselle
de Meilhan ; pour l'avoir séduite : oui! car
vous vous êtes fait aimer — triomphe facile sur
le cœur d'une enfant—et pour l'avoir lâchement
trompée en la nourrissant d'illusions sans but.
Quel était le vôtre ?

— De l'épouser, Monsieur.

— Mensonge. Votre tête est proscrite, votre
nom rayé de la société. A tort ou à raison,
vous n'êtes plus qu'un criminel. Devant quel
magistrat, au pied de quel prêtre, porteriez-
vous votre demande en mariage ? Celui-là vous
lirait votre sentence, celui-ci, la prière des
morts! Jeune homme, il vous est permis d'a-
voir du courage pour vous-même, de jouer votre
vie au milieu des folies d'un bal, de vous rendre
au fond d'une forêt où, sur un coup de sifflet,
un ennemi moins généreux que moi rassem-
blerait autour de vous tous les gens de la justice;
mais il vous est défendu de faire partager vos fu-

nestes témérités à une femme, à une épouse.
Risqueriez-vous votre mère, votre sœur, à cette
chance? Est-ce aimer une femme, dites, que de
lui réserver pour toit l'exil, pour protection la
hache du bourreau, et le titre de veuve aussitôt que celui d'épouse ?

— Je m'étais dit tout cela, Monsieur, mais
j'espérais en des temps meilleurs où, les
haines politiques assoupies, je reprendrais
mon rang dans le monde. La sainteté des sermens traverse, chez une ame sincère, les circonstances difficiles de la vie. Nos ennemis ne
régneront pas toujours; peut-être se lasseront-
ils de proscrire. Enfin on compte un peu sur
la justice de Dieu, quand même on n'espèrerait
plus dans celle des hommes.

—C'est-à-dire, Monsieur, que, pour épouser mademoiselle Caroline, vous comptez sur
une révolution, pas à moins; sur un changement de dynastie. Savez-vous que c'est plus
long à attendre que la mort d'un oncle ?

— J'avais des espérances moins difficiles à
réaliser, et que j'étais disposé à répandre dans

4.

vos mains, continua Édouard, si vous m'eussiez
écouté avec plus de sang-froid.

— Vous comptez sur votre grace, je vous entends; espérance des dupes du parti. Une grace!
La mort commuée en lâcheté, vous appelez
cela une grace; triste équivalent de ceci :
« Moi, homme de parti, je me repens; moi, sou-
verain, je vous pardonne. » Notre grace, à
nous qui combattions la trahison sous la république, et le despotisme sous l'empire, c'était
un couteau qui tombât d'aplomb, avec ses trois
cents livres, entre la tête et les épaules; c'était
une balle qui allât droit au cœur.

— Non, je n'attends pas ma grace! se récria
Édouard! par pitié, Monsieur, soyez plus généreux dans vos paroles! J'aime la vie : je n'ai
pas vingt-huit ans; mon cœur, comme le fut
le vôtre, est plein de pensées d'avenir; mais,
de même que j'ai déjà sacrifié à la sainte cause
qui m'anime la moitié de ma fortune, ma liberté et ma vie, je sacrifierais encore l'espoir,
cette seconde vie, cette dernière ressource des
proscrits, s'il me fallait ravoir tous ces biens
au prix de ma grace. Cathelineau n'en demanda

pas : c'était un paysan ; il a montré l'exemple
à de plus nobles. Point de grace! celle de
Dieu exceptée.

— Enfant, vous méritez de mourir, car
une plus longue vie glacerait cette résolution
sublime. Oui : vous êtes du sang qui plaît aux
révolutions, qu'importe la cause ; de celui
que versent leurs martyrs. Vergniaud, Danton, Charrette, trois grandes morts : Vergniaud,
la tête d'une révolution ; Danton le bras ;
Charrette, le cœur : ce sont les pasteurs de
l'humanité, de tels caractères. Ils vont au devant du troupeau ; ils tombent les premiers,
dans la nuit où ils marchent, si un précipice
s'ouvre sur leurs pas ; mais les premiers ils ont
vu l'étoile, si l'on arrive. Les hommes ne valent que par ces temps de lutte qui les retrem-
pent. Il y a des races, et j'ai la fierté d'en des-
cendre, condamnées à combattre pour les droits
de l'égalité sur la terre, jusqu'à ce qu'elle
soit établie ; il en est, au contraire, et vous
en descendez aussi, faites pour troubler ce niveau par des couronnes. Mais le monde a com-
mencé par deux frères ; il faut qu'il finisse par là.

Cette intimité d'enthousiasme rapprochait,
par l'attrait de la conviction, ces deux re-
présentans d'opinions si opposées. Une seconde fois le conventionnel s'était vu prêt à
presser dans sa main la main du jeune royaliste,
mais une seconde fois sa colère lui était revenue
en rencontrant les armes déposées sous le manteau.

La nuit venait ; la teinte pâle d'une soirée
d'automne bordait l'horizon. A l'orient sombre, abandonné depuis long-temps par le soleil,
nageaient des vapeurs, îles de nuages, entre
lesquelles sortaient, comme du fond d'un
lac, des baguettes rouges, expirante végétation
de la forêt. A travers cette claire-voie, et dans
la zone vive où la transparence de l'air n'avait
pas perdu sa pureté, luisait déjà la cise-
lure indécise de quelques étoiles froides et
polies comme le diamant. Par la condensa-
tion progressive du brouillard, les distances diminuaient dans le prolongement des
allées. A vingt pas de chacune des douze routes,
l'espace était cerné autour du rond-point de la
Table, en ceinture nuageuse. La coupole du

ciel semblait assise sur cette rotonde, et l'éclat
en était plus vif du fond de cet entonnoir vaporeux.

— Utilisons les faibles clartés que nous laisse
la fuite du jour, reprit, après la diversion qui
s'était faite, le vieux conventionnel; celui de
nous qui ne doit pas rester ici aura assez de
peine, si nous ne nous hâtons, à retrouver la
sortie du bois.

Il s'empara ensuite des deux épées et les
présenta à Édouard, afin qu'il choisît celle qui
serait le plus à sa main.

— Je suis fort indifférent, ajouta M. Clavier, sur le choix des armes que vous et moi
avons apportées. Je vous dois cependant cet
aveu, que si je n'ai jamais été assez adroit ni
assez exercé pour être sûr de tuer mon adversaire, je n'ai jamais été assez mal avisé non plus
pour m'exposer à ses coups, dépourvu de toute
expérience dans les armes. A une époque de ma
jeunesse, où je pouvais sans orgueil émettre
une opinion sur la moralité du duel, je pensais
que l'extrême adresse mettait la victoire au
niveau de l'assassinat, qu'il fallait laisser une

place au doute, afin que la conscience y trouvât
un refuge après la mort d'un ennemi.

— Monsieur, répondit Édouard qui répugnait
à se servir d'une épée contre un vieillard, et
qui cherchait à éterniser les prétextes pour que
la nuit arrivât et rendît impossible cette lutte
disproportionnée, Monsieur, sur le champ où
nous sommes, les révélations de la nature de
celle que vous venez de faire ne sont, entre gens
décidés, ni de la fatuité ni de la peur. J'userai
de la même franchise, avec moins de droit que
vous à être cru. Vous m'y autorisez : prenez
d'avance mon avis pour ce qu'il vaut. Ma force
à l'épée est supérieure; mon adresse à cette arme
est même malheureuse. Je suis presque toujours
revenu seul d'une rencontre. Contre vous je
manque donc de ce doute qui fait que la conscience ne s'impute jamais le succès d'un duel
à crime : vous voudrez m'en épargner un.

— Soit, dit en frémissant M. Clavier indigné en lui-même d'avoir employé contre son
adversaire un argument à deux fins. Je vous
remercie de la franchise — son poignet froissait la garde de son épée — bien que je m'en

fusse passé, je vous l'avoue. Ah! vous êtes fort
à l'épée; c'est quelque chose, le complément
d'une bonne éducation. — Ses paupières blanches suivaient le coup d'œil aigu qu'il lançait à
Édouard. — Mais que n'attendiez-vous, pour
m'apprendre votre adresse à cette arme, jusqu'après notre duel? Vous prétendez n'être
presque jamais sorti du champ du combat accompagné de votre adversaire : c'est possible,
oui! très-possible..... l'avertissement est hu-
main; mais beaucoup en ont usé comme moyen
d'épouvante sur leur ennemi. Tenez — le vieillard ne se contenait plus — je ne vous crois
pas; je ne vous croirai qu'après quelques
passes... Êtes-vous prêt?

La pointe de l'épée du conventionnel s'a-
baissa devant la poitrine d'Édouard.

— A ne pas me battre contre vous, voilà à
quoi je suis irrévocablement prêt, répondit
Édouard en brisant son épée sur la Table-du-
Roi.

— Je ne m'attendais pas à cette action hé-
roïque, s'écria M. Clavier dont la colère, sans
s'éteindre, descendit à la raillerie. Vous êtes,

cela se voit, homme de cour et plein de procé-
dés chevaleresques. Mais, apprenez-le de moi,
Monsieur : pour répandre de si haut la générosité d'ame, il faut avoir la supériorité dans l'of-
fense et l'avantage sur le terrain. A défaut,
cette magnanimité n'est qu'une parade de théâ-
tre : nous n'avons personne ici pour applaudir.
Vous vous êtes trop hâté, jeune homme, de
m'épargner : vous pourriez vous en repentir
dans un instant. Choisissez de ces deux pistolets. A cette arme une générosité pareille à celle
dont vous venez de faire usage ne sauverait
rien ; car si la balle du jeune homme s'égare,
la balle du vieillard tue.

Vos distances, Monsieur.

— On n'y voit plus qu'à dix pas, répondit
Édouard.

— A dix pas donc. Chargeons nos armes
l'un devant l'autre : donnez-moi ma balle ; choisissez la vôtre. Comptez les pas.

— Un dernier mot, dit Édouard.

— J'écoute, Monsieur. — Le vieillard arma
son pistolet.

— Dites-moi clairement, comme le juge au

condamné, entre tous les torts que j'ai envers
vous, celui pour lequel vous exigez que je meure,
si je ne vous donne la mort. Avant de sortir de
ce monde, ou en m'en allant tout seul de cette
forêt, que je sache l'énormité de ma faute et
que je m'en repente mentalement.

— Votre faute — M. Clavier se rapprocha
d'Édouard — n'est pas d'avoir sans mon consentement aimé Caroline — tort de jeune homme
que cela. — Votre faute n'est pas dans la riva-
lité que vous lui avez infligée — je vous crois
assez puni, si vous l'aimez, par l'état où vous
l'avez plongée hier — votre faute n'est pas dans
l'impossibilité où vous paraissez être de jamais
l'épouser. Vous ne sauriez que trop démentir
mes prévisions et mes menaces en m'écrivant,
de l'Angleterre ou de la Hollande, que mademoiselle de Meilhan est à vous.

— Où donc est-elle, ma faute, Monsieur, vous
qui allez, avec des paroles de pardon, au devant de tout ce dont je m'étais accusé avant de
me soumettre à votre autorité pour la fléchir?

— Votre faute, répondit le vieillard, est
dans la pureté même de vos intentions. Vous

aimez mademoiselle de Meilhan, et espérez l'é-
pouser. Hé bien, j'aurais préféré que vous fus-
siez un libertin follement aimé d'elle, que le
jeune homme religieux dans sa parole; j'aurais
préféré — oui — que vous l'eussiez abusée par
vos promesses, que de vous savoir sans remords,
prêt à partager avec elle votre nom et vos
titres.

— Je ne vous comprends pas, s'écria
Édouard exaspéré.

— Vendéen, vous ne comprenez pas un républicain; le chouan ne devine pas le bleu?
Caroline n'est pas ma fille : elle est mieux que
cela ; elle est ma conquête ; la seule palme que
j'aie arrachée dans mes sanglantes luttes avec les
vôtres. C'est la dernière branche d'une race
noble que j'ai coupée à un tronc qui n'en pous-
sera plus, grace à moi ! Et tu viens, quand j'ai
tué tous les aïeux de cette enfant, quand j'ai volé
sa mère, à qui je l'ai volée, tu viens, toi, avec tes
châteaux, tes titres, ton nom, tes préjugés, mêler
ta sève abondante et impure à cette sève pour
la perpétuer; tu viens planter des nobles là où
j'ai préparé le terrain pour la moisson plé-

béienne; tu viens greffer des comtes où j'attendais le rameau roturier qui de ses larges feuilles
aurait ombragé ma vieillesse. Et qui donc me
paiera? les enfans que tu auras de Caroline?
mais ils me maudiraient pour avoir tué leurs
aïeux. Je veux pour ma mort, Monsieur, le repos que je n'ai pas eu pour ma vie. Il a été
assez chèrement acheté pour que j'en sois jaloux.
Ah! vous ignorez les nuits maudites que passe
un homme de parti qui a travaillé à une révolution. Parfois je doute sur mon oreiller; parfois j'ai peur : si je m'étais trompé! Alors je
me lève sur mon séant, j'appelle, je crie, mes
cheveux blancs se dressent sur ma tête, et je ne
m'apaise que lorsque Caroline, cet ange de mes
nuits, paraît à mon chevet, ses blonds cheveux
répandus sur ses épaules nues, une lampe à la
main : « Dormez bien, me dit-elle, car vous
« avez sauvé ma mère: » Et je dors. Et vous
m'enlèveriez mon sommeil? Mais cette enfant,
c'est mon pardon peut-être : qui sait? Elle ne
sera qu'à l'homme dont mes convictions et mes
sermens n'auront pas à rougir. Devenue votre
femme, elle ne serait plus ma fille, mais mon

ennemie ; elle se retremperait dans votre fanatisme. Démentez-moi, si vous l'osez. Et vous
me laisseriez seul avec le doute? plutôt la mort.
Il faut donc que je vous la donne ou que je la
reçoive de vous. Maintenant, vous m'avez compris : préparez-vous, Monsieur ; tirez !

Le conventionnel s'était placé à cinq pas en
face d'Édouard, la nuit ne permettant plus de
se battre à une distance plus éloignée.

— Monsieur, cria Édouard, nous sommes
seuls, sans témoins. Les lois considèreraient
votre mort comme un assassinat que j'aurais
commis.

— N'êtes-vous pas déjà condamné à mourir ?
Serez-vous tué deux fois ?

— Mais vous, Monsieur, si vous survivez,
de quelle excuse vous servirez-vous devant le
juge qui vous demandera compte de ma mort ?

— Cette forêt est sombre, Monsieur : trois
lieues de silence nous enveloppent. Vous mort,
je me retirerai à pas lents, sans soupçon,
sans poursuite. Demain, quand on vous relèvera, la justice n'attribuera votre mort qu'au
résultat de la lutte où vous vous serez engagé

pour échapper à ses gens. Votre sentence sera exécutée.

— Assassinez-moi, Monsieur ; je ne me battrai pas sans témoins.

Le vieillard déposa son chapeau sur la Table, se mit en ligne et ajusta : le coup allait partir. Un bruit se fait entendre dans l'une des allées ; il est suivi d'un autre bruit ; ils semblent concertés pour envahir le rond-point. M. Clavier abaisse son arme, il écoute : ces bruits se rapprochent toujours sous un double écho. On dirait un cheval ou plusieurs chevaux qui se hâtent d'arriver.

— C'est la gendarmerie, se confient avec terreur les deux adversaires.

— Je suis poursuivi !

— On vous cherche !

—Ils vont m'arrêter !

—Vous êtes perdu ! Tenez, Monsieur, faites feu avec ces deux pistolets, si l'on vous découvre sous la Table où je vous ordonne de vous cacher. Cachez-vous !.

Un seul cheval pénétra, fumant de sueur, dans le carrefour, et si violemment, que ses deux

jambes portèrent sur la table d'où jaillirent des
étincelles. Le cavalier fut renversé sur le sable.
Une femme se releva pâle et la joue ensan-
glantée.

— Seul! Monsieur. Vous l'avez donc tué?

— Madame Maurice! vous! c'était donc vous!
le bal de Senlis... M. Clavier ne put en dire
davantage.

— C'était elle! dit une autre voix plus étonnée encore.

— Caroline! que venez-vous faire ici? Sortez
donc, Monsieur; ce ne sont que des femmes,
et elles vous connaissent assez toutes deux, j'i-
magine, pour ne pas être effrayées à votre
aspect. Paraissez! venez les rassurer.

Édouard se montra à Léonide et à Caroline.

Il s'écoula un temps assez long avant qu'aucune des quatre personnes présentes à cette
scène osât ouvrir une explication.

Assise sur le bord de la Table, Léonide laissait pendre ses bras le long de son corps, étouffée par son émotion toute chargée de peur, d'a-
mour et de mépris.

Les bras jetés autour de M. Clavier, Caroline cachait sa tête blonde sur la poitrine du vieillard qui, la serrant de sa main gauche, fit signe à Édouard, de la droite, de reprendre la place qu'il occupait d'abord.

— Qu'allez-vous faire ? s'informa Léonide.

— Reprendre nos différends où nous les avions laissés quand vous êtes venues. Vous ne prétendez pas vous y opposer ?

— Mademoiselle de Meilhan ! on va tuer M. Édouard : ne le souffrons pas ! défendons-le ; est-ce que nous sommes ici pour le voir mourir ? C'est vous qu'il aime, vous le savez bien, ce n'est pas moi. C'est la vérité, Mademoiselle. Aidez-moi à le sauver ; et vous, fuyez, Édouard ! La forêt est pleine d'hommes armés qui vous cherchent ; la gendarmerie est depuis hier à votre poursuite. Oh! mon Dieu! parlez-moi. Vous vous taisez tous. Éloignez cette arme, vous, Monsieur. Rien, ni l'un ni l'autre. Vous voulez donc mourir, vous, Édouard? vous voulez donc qu'on le tue, vous, Mademoiselle? C'est pour vous que je parle ; faites-moi écouter : joignez-vous à moi. Priez aussi, priez !

— Vous l'aimez donc, Madame? dit, en mon-

II.   5

trant un côté de sa figure inondée de larmes,
Caroline qui restait toujours attachée autour
du cou de M. Clavier.

— Je l'aime... non pas comme vous, Mademoiselle, d'amour, mais comme sa mère, sa
sœur, comme tout le monde ; cela n'est pas un
crime. Il est notre ami. Je vous l'ai conservé ;
conservez-le-nous à votre tour ; vous nous devez
quelque reconnaissance. Vous ne l'aimez donc
pas, vous à qui il faut tant en dire ? Si j'étais votre
rivale, j'aurais votre froideur, votre mépris,
votre silence ; si nous l'aimions également toutes
deux, nous le laisserions périr : ce serait bonne
vengeance ; mais puisque je ne lui suis rien,
que ce soit celle qui l'aime le plus qui le sauve !
aidez-moi à l'arracher d'ici, ou vous ne l'aimez
pas.

— Pardon, murmurait tout bas, en pleurant
sur l'épaule de M. Clavier, mademoiselle de
Meilhan ; pardon, Monsieur, si je vous ai caché cette passion à laquelle s'attache aujour-
d'hui tant de honte pour moi, tant de colère
pour vous. Je vous afflige bien. Venez, je vous
dirai tout ; partons. Je ne veux pas regarder

le visage de cette méchante femme, de ce..... je
ne le nommerai plus, je ne le verrai plus, je
vous le promets, et ce sacrifice est grand, Monsieur, car je l'ai aimé. Mais éloignons-nous, je
souffre.

M. Clavier se tournant vers Édouard :

—Partez, Monsieur! Cette dame me fait pitié
pour vous. Partez avec elle. Elle vous aime
tant, qu'il y aurait de la cruauté de votre part
à ne pas la suivre. Enfin, Monsieur, vous
l'avez trouvé ce prétexte que vous cherchiez
depuis deux heures pour ne pas vous battre.
Vous avez du bonheur. Vous me trompiez donc
lorsque vous m'assuriez que vous étiez toujours revenu seul d'une rencontre? A la suite
de la nôtre, vous ne prévoyiez pas qu'une
charmante femme vous accompagnerait jusque
chez vous. Voulez-vous accepter le manteau
de mademoiselle de Meilhan pour vous garantir
du froid de la nuit?

— Taisez-vous, Monsieur, taisez-vous! car
vous m'avez insulté jusqu'à la joue : elle est
brûlante de vos outrages. Débarrassez-vous de

cette enfant qui vous cache la poitrine. Montrez-
moi votre poitrine et mourez !

— Feu ! donc ! dit le sauvage régicide en
exhalant un cri de joie féroce, et en rejetant
Caroline sur le gazon.

— Que sommes-nous ici ? demanda Léonide
en arrêtant le bras du conventionnel.

Sur le geste de mort qu'avait répété Édouard,
Caroline, relevée précipitamment de sa chute,
s'était placée devant le pistolet de celui-ci, les
bras ouverts.

— Vous êtes nos témoins, répliqua avec
ironie le conventionnel ; M. Édouard en voulait deux ; vous êtes deux. Il est satisfait, que
je le sois !

— Adieu ! Caroline, adieu ! murmura
Édouard avec tristesse ; un mot de pitié, un
signe de pardon pour qui ne vous a jamais
trahie : non, jamais.

— Vous me trompiez donc, moi, reprit
Léonide en abandonnant le bras de M. Clavier,
pour se jeter entre Caroline et Édouard. Je ne
croyais pas dire si vrai en assurant tantôt à
Mademoiselle, pour vous sauver, que vous ne

m'aimiez pas. Ah! c'était la vérité. Dites aussi — car c'est aussi la vérité — que vous veniez prendre sur mes lèvres tous les baisers qu'il vous était défendu de prendre sur les lèvres de Caroline. Caroline, c'est un infâme, il vous mentait dans vos promenades au bois, la nuit, dans ses lettres, toujours et partout. Nous sommes sœurs, allez, dans ses trahisons ; une fois, il s'est trompé, il m'a appelée de votre nom. Il vous a dit le mien.

— Vous m'avez appelée Léonide une fois, M. Édouard.

— Mon nom! Ai-je menti?

Édouard ne répondait plus : il était devant ses juges, face à face avec deux femmes qu'il avait trompées, et entre lesquelles un pistolet s'avançait menaçant.

Tout à coup le cheval de Léonide se mit à hennir et à ruer avec tant de violence, qu'il cassa la bride qui le retenait à l'une des barrières. Les oreilles droites, les naseaux ouverts, il s'élança dans un massif pour gagner les champs, poursuivi par une terreur soudaine. Léonide court après lui, l'arrête et le ramène.

Mais pendant ce temps une place était restée découverte sur la poitrine d'Édouard. M. Clavier ajuste.

Une détonation se fait entendre; tous les échos de la forêt la répètent; deux cris de femme y répondent.

Les deux hommes sont encore debout.

M. Clavier n'a pas déchargé son arme.

— La gendarmerie !

— C'est la gendarmerie qui a tiré, se répètent avec épouvante les quatre personnes.

— Elle nous a découverts ! elle va vous arrêter ! Édouard.

— Elle va vous tuer, Monsieur, ajoute, d'un ton où la pitié avait remplacé une seconde fois la colère, le vieux conventionnel. Voilà à quoi ont servi vos retards. Qu'allons-nous faire? Fuir? on vient de tous côtés. Rester? c'est pour vous la mort, pour nous la complicité.

— Partez ! répond Édouard en suppliant ces deux femmes qui, une minute auparavant, désiraient presque sa mort, et qui maintenant n'avaient plus que des vœux pour lui sur les lèvres, que des larmes pour lui dans les yeux;

qui étaient devenues deux mères pour le défendre, au lieu de deux rivales pour le déchirer;
partez tous trois, gagnez cette allée! La forêt est
libre pour tout le monde ; vous vous prome-
niez, vous avez été surpris par la nuit. Mais
partez! partez! vous dis-je. Encore une minute,
et il ne sera plus temps. Vous ne pouvez ni me
sauver ni me défendre en restant.

Les supplications, les réponses, les prières,
les refus, les adieux couraient, entrecoupés,
du jeune homme aux deux femmes, des deux
femmes à M. Clavier qui froissait sa poitrine et
frappait la terre du pied. On ne décidait rien, on
se mourait d'indécision.

Les douze routes de la forêt étaient de plus
en plus envahies par le bruit.

Et, pendant cette rumeur, folles de désespoir,
les deux femmes rôdaient, à perdre haleine,
autour du carrefour, à l'extrémité des douze
routes, comme deux biches cernées par des
chiens, pour distinguer, tantôt l'oreille à
terre, tantôt au vent, de quel côté ne venaient
pas les hommes à cheval afin de ménager une
fuite à Édouard. Ils venaient de partout, car le

bruit était partout : sur la route de Senlis et
sur ses deux moitiés, sur la route des Étangs
et sur celle de Paris. Quand Léonide et Caroline revenaient à la Table rendre compte de ce
qu'elles avaient entendu, leurs rapports se con-
tredisaient; et, tandis qu'elles retournaient ensemble pour rectifier leurs indications, les chevaux et les hommes avaient gagné un quart de
lieue. Ces pauvres femmes déliraient. Léonide
avait un aspect d'autant plus singulier d'épouvante, qu'elle traînait avec elle par la bride
son cheval qui caracolait et tournait aveuglé-
ment comme un cheval de meule. Aux derniers momens d'effroi, lorsque les gendarmes
n'étaient plus qu'à la portée du pistolet, lorsqu'on entendait le reniflement des chevaux,
lorsqu'on voyait luire, dans l'atmosphère de
vapeur qu'ils soulèvent l'hiver autour d'eux,
les plaques de cuivre et les poignées de sabre,
Léonide se trouva brisée, sa tête tomba et
flotta sur sa poitrine, ses jambes fléchirent;
sa main, déchirée et enflée par la pression de
la bride, ne la tint plus que machinalement.

Elle était traînée par son cheval bien plus qu'elle
ne le guidait.

Caroline était debout sur la Table-du-Roi,
immobile comme un naufragé sur l'écueil que
va couvrir la marée.

— Ce cheval, Madame, ce cheval! donnez-
le donc; et vous, Monsieur, montez-le! cria
M. Clavier. Prenez ces armes, cette épée, ces
pistolets au poing, mon manteau, ma bourse;
et précipitez-vous dans cette allée : c'est la route
du Connétable; on la répare, personne n'y peut
passer à cheval, passez-y ! Sauvez-vous!

— Adieu, Édouard ! crièrent les deux
femmes. Dieu vous sauve!

— Adieu! Monsieur! ayez pitié des proscrits! lui cria M. Clavier en piquant du tronçon
de l'épée d'Édouard le ventre du cheval.

Le cheval partit, s'abattit, se releva, s'é-
lança enfin dans l'allée du Connétable.

Quatre coups de fusil partirent dans la direction de cette allée; les balles passèrent en sif-
flant sur la tête des trois personnes restées dans
le carrefour.

Le cheval d'Édouard s'abat encore.

74 — LES INFLUENCES.

— Mort peut-être!

On ne voit rien, mais on entend de nouveau le galop du cheval et une voix qui crie : *Vive le roi !*

Trente gendarmes à cheval pénètrent dans le carrefour.

— Où est-il?

— Qui? s'informe froidement M. Clavier.

— Le condamné? le Vendéen?

— Nous ne savons ce que vous voulez dire.

— N'avez-vous pas vu un homme à cheval?

— Pardon, Messieurs.

— Il a pris cette allée, n'est-ce pas, celle du Connétable?

— Non, Messieurs, il a gagné celle-ci.

— Sur votre honneur?

— Sur mon honneur.

M. Clavier mentait; il sauvait une vie.

IV.

Le mariage est un sanctuaire antique ; la faute
en ferme les portes ; le simple soupçon, précur-
seur de la faute, voile le soleil du tabernacle.
Mots sonores et vides, le pardon et l'oubli
sont des dieux domestiques qui n'existent pas
dans le cœur : la faiblesse les a élevés sur un
socle d'argile ; mais elle seule les a invoqués
parce qu'elle seule avait besoin d'y croire. En
ménage, celui qui, après une irrégularité com-

mise, a eu recours à l'oubli a emprunté usu-
rairement à la conscience de l'autre. Vient le
jour, le moment où tous ces faux répits s'escomp-
tent, où il faut payer. Les raccommodemens,
les pardons mutuels sont dans le mariage autant
de semences de discorde répandues. La paix
conclue aujourd'hui est la preuve de la guerre
d'hier, la messagère du combat de demain.
Il n'est de bien soudés que les corps qui ne
sentent pas leur union; ceux-là résistent. Malheur au toit sous lequel la vie n'a pas sa mo-
notonie sans fin, où elle ne se mire pas dans
une eau unie; où la douleur et la joie, tissues
avec une égale patience, n'offrent pas une trame
simple à la résignation qui la supporte avec
légèreté. Dignité, bonheur facile, au contraire,
à ces familles saintes, inconnues, cachées,
dont Dieu seul sait la demeure pour y veiller;
dont les hommes n'ont pas aperçu le seuil pour
le salir de leur boue. Quelle religion intelli-
gente de la condition de l'homme et de ses espérances, que celle dont le doigt jaloux a séparé
une femme d'entre toutes les femmes, un
homme du milieu de tous les hommes, un

champ de la vaste étendue du monde, un point
du ciel du centre de ces univers, pour consacrer
ensuite le pacte de l'amour et de la reproduction,
pour l'enchaîner à la propriété, pour le ratifier
plus tard dans le ciel où tout est éternité et possession. Admirables partages, sublimes exclu-
sions, qui constituent les races, la patrie et
l'avenir.

C'est cet ensemble si simple et si fort qui
parle haut à l'oreille de ceux qui, dans les douleurs du moment, maudissent la captivité du
mariage, pour n'en sortir que comme d'un combat, morts ou meurtriers. L'infraction à des lois
immuables, quelque petite qu'elle soit, ne se
produit jamais sans atteindre aux cercles régu-
lateurs. Jetez une pierre dans l'océan, chaque
goutte d'eau aura sa vibration : jetez une erreur
dans le monde moral, une faute dans le mariage,
l'agitation ira loin; elle ira en frémissant gagner
les bords de la circonférence. Reste à maudire
Dieu et la société : impuissance ! Voyez
comme le ciel est haut !

Maurice et sa femme éprouvaient, mêlée à des
peines confuses, une tristesse sourde. Quelque

complet qu'ils s'efforçassent de se peindre l'éclaircissement de l'après-midi, celui-là avait gardé la pointe du doute dans son cœur; celle-ci sentait sa chute et son abaissement sous sa victoire même. Au milieu de la lutte, sans qu'ils s'en fussent aperçus, l'anneau conjugal était tombé à terre et s'était faussé : c'est qu'il n'appartient pas au raisonnement, ce juge partial, de remplacer la voix de la conscience, cette raison du cœur.

D'ailleurs, un incident, dont diverses particularités se nouaient mal pour Maurice, le ramenait malgré lui, par des voies souterraines où il s'enfonçait de plus en plus avec terreur, à ses premières défiances sur la liaison de Léonide avec Édouard. Pourquoi Édouard, après les explications qu'il avait eues avec lui, n'avait-il voulu partir que le lendemain, et n'avait-il pas accepté d'être accompagné de son meilleur, de son seul ami ?

Il eût bien désiré dissiper ces épaisses ténèbres en interrogeant Léonide; mais il craignait de trouver encore, dans l'embarras de nouvelles réponses, la confirmation de ses terreurs. Il

avait peur de recommencer une scène où, plus
puni que dans la précédente, il resterait sans excuse en remportant l'affront d'une victoire.

Léonide n'avait plus que ce courage hébété
qui s'empare des femmes aux momens désespérés ; momens où elles sont enfin décidées à
dépenser de l'énergie comme pour une bonne
cause. Peut-être l'instinct de leur soumission
naturelle les pousse à tendre la joue, sachant,
si elles sont lâches, qu'un soufflet déshonore
sans tuer; ou à livrer la poitrine, si elles sont
braves, sachant aussi qu'un coup de poignard
tue et ne déshonore pas. Placées entre ces deux
alternatives extrêmes de lâcheté et de courage,
au delà desquelles il n'y a plus rien, leur parti
est pris; leur choix est arrêté.

Léonide et Maurice étaient assis auprès du
feu qui sifflait et moirait de ses ondulations
leurs pieds alors séparés de toute la longueur
du foyer. Au dehors, les giboulées de mars re-
muaient et roulaient la forêt comme un fagot
de vieux bois. Tantôt des bouffées de neige
blanchissaient la pelouse, et tantôt des irriga-
tions abondantes effaçaient ce tapis et le dissi-

paient en une fumée dont l'odeur froide allait à travers les fentes des portes glisser le frisson. Triste soirée d'hiver.

On sonna.

— Qui donc ce peut-il être ? réfléchit Maurice.

— Mon frère, probablement.

— Il n'est que dix heures; et Victor m'a dit qu'il ne serait pas ici avant minuit.

On avait ouvert à M. Clavier ; il entra dans le salon, laissant après lui une longue trace d'eau ; son chapeau et son manteau bleu étaient affaissés sous la neige. Il était plus défait que de coutume.

— Vous! chez moi, à cette heure! M. Clavier.

— Moi-même, M. Maurice.

— Mais vous êtes inondé; approchez-vous du feu. Approchez-vous. Si vous aviez à me parler, que ne me faisiez-vous appeler, M. Clavier?

— Je n'ai pas songé à toutes ces précautions.....

— Mais comme vous êtes ému.....

— Un peu, je l'avoue.

Léonide se leva et sortit ; Maurice ne la retint pas.

— M. Édouard de Calvaincourt est en route pour Paris ; je ne vous apprends rien , n'est-ce pas, Maurice ?

Maurice faillit être renversé de surprise à ces premières paroles de M. Clavier.

—Vous connaissez ! vous connaissez monsieur Édouard de Calvaincourt !

Il recula avec sa chaise.

— Depuis hier.

—Et où l'avez-vous vu ?

— Au bal de Senlis, et j'ai achevé la connaissance ce soir même dans la forêt, à la Table-du-Roi.

Si M. Clavier n'eût parlé avec tout son sang-froid ordinaire , Maurice l'aurait cru fou. Édouard au bal ! Un rendez-vous dans la forêt !

— Dans ce moment, continua M. Clavier, il traverse les bois qui sont entre Chantilly et Paris. S'il est à Paris avant le jour , ainsi que je l'espère , il aura évité d'être pris par la gendarmerie.

II.   6

— Mais où donc l'avez-vous quitté, et pourquoi étiez-vous avec lui?

— La circonstance qui nous a mis face à
face, lui et moi dans la forêt, ne vaudrait guère
la peine d'être divulguée, si elle n'expliquait ma
présence chez vous à cette heure. M. Édouard
et moi avions une affaire d'honneur à vider.
Nous avons été dérangés au milieu de la partie
par des gendarmes qui le poursuivaient.

Un rocher se détacha de la poitrine de Maurice. La dernière obscurité de la conduite d'É-
douard s'évanouissait; Édouard ne s'était obstiné
à retarder son départ pour Paris, qu'afin de ne
pas manquer à ce duel : cela devenait évident.
Il osa interroger M. Clavier.

— Et pourquoi ce duel?

— Je répondrai à votre question par un reproche, Maurice. Quoi! vous cachiez ce jeune
homme chez vous, vous mesuriez ses pas, il
n'avait pas une pensée qu'il dût naturellement
vous taire, et vous ne m'avez pas averti!

— Le pouvais-je? Ce matin seulement, son
amour pour mademoiselle de Meilhan m'a été
révélé.

— De qui le tenez-vous, Maurice, cet aveu?

— De lui-même, forcé qu'il était d'éclaircir devant moi le motif qui s'opposait à ce
qu'il partît sur-le-champ de Chantilly, lorsque
je l'exigeais.

Voilà qui se déroule à merveille, pensa de son
côté M. Clavier. La scène du bal aura été rap-
portée à Maurice; une explication foudroyante
s'en sera suivie entre lui et sa femme; la conclusion aura été le départ immédiat de M. de
Calvaincourt. Maurice sait tout : mes restrictions seront comprises.

— Ce jeune homme, poursuivit-il, résume
en lui la bravoure et l'ignominie de sa caste.

— N'êtes-vous pas trop dur pour lui ?

L'adoucissement parut étrange à M. Clavier
dans la bouche de Maurice.

— Trop dur! quand il a détruit pour jamais
le repos de mademoiselle de Meilhan, le mien.
Que va-t-elle devenir, dites ?

—Nous étoufferons avec prudence, rassurez-
vous, l'éclat de cette faiblesse; cela n'est ni
impossible ni difficile. Personne ne connaissait

6.

ici M. Édouard. Par quelle conjecture s'élève-
rait-on à la supposition de leur intimité ?

Tristement, et en secouant les pans de son
manteau, où la neige commençait à fondre,
M. Clavier répondit après une pause :

— Le mal est plus grand que nous ne pensons. Mademoiselle de Meilhan aime ce jeune
homme ; elle l'aime beaucoup et de tout l'attachement dont elle n'a pu se défendre pour un
proscrit, beau, d'un rang surtout qui le re-
hausse à ses yeux. Il y a un caractère de tristesse incurable dans l'abattement de son visage,
depuis la scène du duel de ce soir...

— On la lui a donc imprudemment apprise ?
coupa d'un mouvement brusque Maurice.

— Elle s'y trouvait.

Ici la voix de M. Clavier s'éteignit, et, par
degré, étouffée par la douleur, elle ne fut presque plus distincte. La secousse de cette si fatale
journée avait vieilli de dix ans le conventionnel ; ses derniers éclats d'énergie s'étaient con-
sumés dans son entrevue avec Édouard. Verdi
par le froid, fatigué de sa course dans la forêt,
anéanti par le découragement, le corps et l'âme

brisés, à peine eut-il la force de prendre la
main de Maurice et de lui exprimer, par une
étreinte muette, le coup dont il était frappé.
Des larmes glacées coulaient de ses joues sur
ses vêtemens souillés.

— Ceci me tuera, Maurice.

Après bien des minutes écoulées, lorsque le
feu pâlissait, lorsque les lumières ne répandaient presque plus de jour dans l'appartement,
Maurice osa faiblement lui dire :

— Pourquoi ne les marieriez-vous pas ?

— Jamais ! avec cet homme ; jamais !

—Et pourquoi ce refus de fer ? Posséderiez-
vous sur ce jeune homme la connaissance de
quelques particularités qui justifieraient votre
réprobation ? Je dois vous détromper, ou, en
toute sincérité, il faut que vous me communi-
quiez vos répugnances. Il a un caractère élevé,
de la fortune.....

— Il est noble, interrompit sèchement M. Clavier ; vous n'avez donc pas lu mon testament ?

— Non ; aucun motif ne m'y obligeait.

— Vous y auriez vu, Maurice, que mon
dernier soupir est la dernière expression de ma

colère contre la race maudite d'où sort
M. de Calvaincourt. Dans ce testament, je me
suis dépouillé de tous mes biens en faveur de
mademoiselle de Meilhan ; mais, sous peine de
se voir déshéritée par le même acte, je lui ai interdit le mariage avec tout homme de naissance.

— Revenez, il en est encore temps, revenez,
M. Clavier, sur cette détermination de haine.
Vous en avez le droit ; ayez-en la courageuse
volonté. N'altérez point le cours d'une belle vie
par une tache de fanatisme politique.

— Je ne mentirai point, Maurice, à la plus
fidèle énergie dont j'aie soutenu ma carrière.
Ceci n'est point une vengeance, c'est de la fermeté ; ce n'est point une erreur , c'est la conclusion d'une inflexible direction de pensées.
Puisque les hommes n'ont pas osé nous con-
damner ou nous absoudre, c'est à nous de nous
juger. Revenir sur le passé pour le détruire,
c'est nous annuler ; et nos principes ne sont
pas de ceux dont on fait deux parts ; l'une
consacrée à l'action , l'autre au repentir. Le
régicide qui donne sa fille au noble contracte
avec la royauté.

— Oui, mais Caroline n'est pas votre fille, Monsieur! et vos maximes ne l'atteignent pas.

— Elle n'est pas ma fille! — jamais elle ne m'a dit cela. — Vous êtes cruel, Maurice. Elle n'est pas ma fille! et tout ce que Dieu a déposé d'amour dans mon cœur a été pour elle; et tout ce que j'ai eu d'espérance sur la terre a été pour elle. Enfant, je l'ai bercée; jeune fille, je lui ai mis des trésors de vertu dans l'ame; femme, je lui lègue ma fortune et la pose si haut qu'elle pourra voir de sa couche nuptiale plus de châteaux et de terres que ses parens ne lui en ont laissé. Que fait-on pour ses enfans, que je n'aie fait pour elle? Elle n'est pas ma fille! — Que suis-je donc pour elle?

— Tout, excepté son père. Et le fussiez-vous, la loi brise votre testament. La loi ne s'associe point à ces restrictions dont vous accompagnez le legs de mademoiselle de Meilhan. La justice ne ratifie point les mille bizarreries de la haine. Homme, je vous ai blâmé; magistrat, je vous condamne. Votre testament est nul.

— Et à qui passeront mes biens, à défaut de l'exécution de mon testament?

— Qui peut le prévoir? Après d'éternels procès, à l'État peut-être.

— A l'État! répéta sourdement M. Clavier; à l'État!

Le coup l'avait étourdi. L'or, péniblement amassé, de cinquante ans de vengeance, se tournait en feuilles sèches. Peu appris des choses de ce monde, il n'était que l'homme des révolutions. Son idée fixe avait été une erreur. Il n'eût pas été plus triste de la mort de Caroline; il eût été moins triste : n'était-ce pas la perdre doublement que de la voir devenir le gage fécond d'une race abhorrée? — Le vieux lion baissa la tête et se tut.

Positif comme un chiffre, et, par caractère comme par état, ne laissant jamais une conséquence en suspens, Maurice ajouta :

— Vous avez eu peut-être tort, Monsieur, de considérer l'exhérédation qui frapperait mademoiselle de Meilhan, comme l'infaillible moyen de la ramener à votre volonté. Elle aurait renoncé, soyez-en sûr, à l'héritage, pour se marier à son gré.

— Vous n'imaginez donc, s'écria M. Clavier, aucun moyen de me tirer de là?

— Aucun.

— Quoi! céder! mentir, se rétracter, lorsqu'on touche au terme! Apostasier au tombeau!
Avoir vaincu les préjugés et l'opinion, et s'arrêter et se heurter, et se meurtrir et périr à
l'encontre d'un fétu de loi! La révolution ne
l'a donc pas vue, cette loi qui réduit la puissance paternelle à rien?

— C'est une loi de la révolution.

— Stupide! murmura le conventionnel;
n'importe, ces propriétés ne seront pas à
lui, non! ni à elle. J'en brûlerai les titres:
personne ne les aura. Au premier passant je
lègue tout. Ne me parlez plus de cela.

— Soit; répondit Maurice, je me tais;
j'allais cependant tenter de vous persuader combien M. de Calvaincourt eût rendu heureuse
mademoiselle de Meilhan par la loyauté de son
caractère et la générosité de son cœur.

M. Clavier eut peine à réprimer l'expression
ironique de son sourire à cette opinion si bien-
veillante de Maurice; il ne fut pourtant pas

assez maître de lui-même pour ne pas répli-
quer.

— Lui! la rendre heureuse! vous croyez...
En avez-vous la certitude ? la ferme certitude ?

— Mais!.... oui .... On supposerait que vous
avez des raisons meilleures que les miennes pour
ne pas me croire ; le connaîtriez-vous mieux
que moi ?

Sous le regard fixe de M. Clavier, Maurice
était passé, sans le sentir lui-même, du ton de la
conviction à celui de la défiance. De toutes les
clartés sinistres dont il avait été blessé pendant la journée, celle-là l'offensa le plus. La
parole de M. Clavier était aiguë. Maurice avait
rougi de honte.

— Et moi je vous assure du contraire, Maurice ; M. de Calvaincourt a des passions plus
partagées que ses principes, croyez-le; mais
nous n'avons pas à nous occuper de lui autre-
ment : passons.

Maurice s'arrêta à cette insinuation de
M. Clavier ; il fut pétrifié. — Il imagina qu'il
était déjà de notoriété que sa femme l'avait perdu
dans l'opinion. La voix publique se trahissait

par la bouche de M. Clavier; et aussitôt, la scène du caveau, le départ d'Édouard, l'entre- vue du cabinet, revinrent à son esprit pour s'expliquer dans le sens de ses premières im- pressions.

— Oui, répondit-il machinalement, ne nous occupons plus de cet homme. Enveloppons de silence le malheur qu'il a · attiré sur votre maison. Le bruit ne répare rien. Nous console- rons mademoiselle de Meilhan; son enfant sera élevé avec mystère, loin d'ici. On en a caché dans des positions plus difficiles.

M. Clavier se leva tout d'un trait.

— L'un de nous se trompe. De quel enfant parlez-vous?

— De celui que porte mademoiselle de Meilhan, et duquel vous auriez pu compro- mettre la vie, par l'effroi causé par votre duel.

— Un enfant! un enfant! Avez-vous toute votre raison, Maurice?

— Et pourquoi donc ce duel, si vous igno- riez l'événement que j'ai l'air de vous appren- dre?

— Oh! je ne l'ai pas tué! — Qui me vengera maintenant? qui me vengera?

M. Clavier et Maurice par un mouvement
spontané, quittèrent leurs places, laissant dans
son coin Léonide qui, rentrée depuis quelques minutes, semblait écrasée sous les éclats
d'une double malédiction. Son regard jaillissait
de dessous ses longues paupières et plongeait
dans le feu.

Se prenant sous le bras, les deux offensés se
promenèrent en silence.

Maurice conduisit M. Clavier près de la fenêtre.

Il se fit long-temps violence, il se combattit
avant de s'abandonner à la complicité qui allait
lier sa haine à la haine de M. Clavier, avant de
s'ouvrir au vieillard. La colère, l'indignation,
un reste de respect pour l'opinion publique,
fantôme toujours debout devant lui au moment
d'agir; plus impérieux que ce respect, le besoin
de se montrer homme devant un homme, celui
de se grandir à la noblesse de mari outragé quand
un vieillard s'exaltait comme un père pour
l'honneur d'une femme qui n'était pas sa fille,

précipitaient, enchaînaient les mots prêts à sortir de la bouche de Maurice. M. Clavier prêtait
une oreille avide. Quelque violente que fût la
résolution de Maurice, il était disposé à la partager, cela était écrit sur son visage, pourvu
qu'elle fût une vengeance. Il semblait craindre
de mourir pendant l'indécision dont il attendait
la fin. Parlez, criaient ses nerfs agités, ses
muscles en contraction, ses genoux tremblans.

— Parlez! mais parlez donc!

— J'ai à côté, dit enfin Maurice en désignant
son cabinet.....

— Quoi? à côté?

— Des papiers......

— Hé bien, ces papiers?

— Il m'y a forcé, mon Dieu!

— Oui! il vous a insulté comme moi, dit
amèrement le vieillard; c'est connu. Mais ces
papiers? ces papiers?.....

— C'est connu, dites-vous!

— Je ne prétends pas cela; mais achevez,
ces papiers contiennent..... Que contiennent-
ils ?

— Un plan complet pour attaquer, ruiner,

exterminer la Vendée et tous ses habitans, en un
mois.

— Et M. de Calvaincourt ira en Vendée,
Maurice?

— Oui! oui! et tout ce qu'il possède est là.

— Ah! s'écria le vieillard, pourpre d'une
affreuse joie, continuez.

— Je sais qu'il est à la tête de cette conspiration qui éclatera tel jour, tel endroit, telle
heure. L'heure, le jour, l'endroit, tout est
dans ce plan de campagne. C'est un plan de
campagne. Comment l'ai-je eu? qu'importe? Je
l'ai. Voulez-vous le voir. Tous seront traqués,
tous seront tués; on les prendra au piége qu'ils
tendent. Il faut qu'ils s'y prennent, qu'ils meurent, baignés dans leur sang, étouffés sous
leurs chaumières et leurs châteaux en feu.

— Il mourra, ajouta M. Clavier, et lui avec
les autres, avec ses frères. La fatalité me jette
encore sous les pieds cette poignée de serpens
mal écrasés par nous autrefois, dans leurs ma-
rais. Je croirais en Dieu, Maurice, rien qu'à
de tels signes de prédestination. Qu'allons-nous
faire maintenant?

— Je cours chercher ces papiers — je vous les remets.

— Oui!

— Vous partirez demain pour Paris.

— Oui!

— Entendez-vous?

— Oui!

— Arrivé à Paris, vous irez, sans délai, les porter au ministre de la guerre qui fera le reste.

— Allez! Maurice, et que je parte sur-le-champ!

— Ils ne sont plus ici ces papiers, Monsieur, dit Léonide qui, sans bruit, était venue se placer derrière son mari pour entendre sa conversation avec M. Clavier.

Les deux hommes furent épouvantés.

— Qui les a donc volés, Madame?

— Moi!

— Et qu'en avez-vous fait, Madame? Parlez!

— Je les ai remis à celui dont ils pouvaient causer la ruine et la mort.

— A cet infàme Calvaincourt! Madame, vous avez commis là une action odieuse. C'est une trahison domestique, c'est plus : vous avez

lâchement prostitué à une satisfaction personnelle des papiers, et vous le saviez, qui
auraient sauvé l'État. Vous avez pour un caprice, avili, mis plus bas que la boue, la confiance dont la société me croit digne. Dès ce
moment, je me considère comme cloué au poteau où l'on attache ceux qui vendent les secrets d'autrui pour en avoir les profits défendus.
Le criminel n'est pas vous, ce sera moi! le notaire de Chantilly!

D'un accent glacé et avec l'assurance d'une
femme qui ne craint plus de se dévoiler, même
devant un témoin—car M. Clavier avait apporté
peu de ménagemens à faire comprendre qu'il
savait tout—Léonide, par un miracle de mémoire
dont la colère n'eût pas été capable, répéta mot
pour mot les paroles de son mari qui, ainsi que
M. Clavier, fut terrassé par cette foudroyante
répétition.

— Monsieur, vous alliez commettre là une
action odieuse. C'est une trahison domestique;
c'est plus : vous projetiez lâchement de prostituer à une satisfaction personnelle, des papiers,
et vous le saviez, qui auraient sauvé l'État.
Vous vouliez pour un caprice, avilir, mettre

plus bas que la boue, la confiance dont la société vous croit digne. Dès ce moment je vous
considérais déjà comme cloué au poteau où l'on
attache ceux qui vendent les secrets d'autrui,
pour en avoir les profits défendus. La crimi-
nelle n'est pas moi, vous l'avez dit ; le criminel
c'est vous, le notaire de Chantilly !

Léonide se retira à pas lents.

Jamais hommes ne furent plus profondément
percés de leurs propres armes, que M. Clavier
et Maurice.

— Adieu ! dit M. Clavier en partant, adieu !
Vous avez là une femme !....

— Et un état !... répéta Maurice, une fois
seul ; un état !....

V.

Maurice n'était plus cet homme flottant entre mille opinions sur la moralité de sa femme,
et se rattachant toujours, par pureté de caractère, à la plus consolante, au risque de s'arrêter à la plus faible. M. Clavier lui avait soufflé
une irrévocable conviction, quoiqu'il n'eût
pas ouvertement parlé. Depuis ces insinuations
involontaires entre sa femme et Édouard, en
récapitulant au fond de sa mémoire les raisons

qu'il avait seul à seul débattues auparavant
pour douter de tout ce qui s'était passé, il
éprouvait que ces mêmes raisons lui suffisaient
à l'heure présente pour croire résolument à la
faute de Léonide. Sa certitude ne l'enorgueil-
lissait pas. On a remarqué par quels efforts
sur lui-même, emporté hors de sa clémence,
il avait enfin obéi à la dignité de sa position ou-
tragée, en s'associant pour la moitié à la vengeance de M. Clavier. Mais l'effort avait été ac-
compli ; il en avait fini avec les attermoiemens
de sa faiblesse. De sa part le simple soupçon
n'eût été désormais qu'une lâcheté. Il lui fallait
recourir à une détermination qui, sans appeler
le scandale du dehors, le protégeât contre la
honte assez répandue dont se couvrent beaucoup de gens qui, après être parvenus à la connaissance d'une vérité déshonorante, se rési-
gnent, s'habituent à vivre avec elle. Malheureusement Maurice n'atteignait point à la fermeté
dont sa délicatesse le rendait capable, sans se
ressouvenir qu'il avait disposé des trois cent
mille francs déposés chez lui par Édouard. En
vain se persuadait-il qu'il n'avait fait usage de

7.

cette somme que dans un moment où tout soupçon sur M. de Calvaincourt s'était évanoui ; sa
conscience blessée regrettait amèrement la nécessité pour lui d'être reconnaissant envers l'homme
qui avait introduit l'adultère dans son ménage.
Cet homme était toujours en droit de considérer
l'emploi illicite de son argent comme une compensation à la souillure qu'il avait commise. A
défaut de sa part d'un aussi odieux raisonnement, le monde s'il était jamais instruit de
leurs rapports—et ne finit-il pas par tout savoir?
—s'obstinerait à voir un marché en règle dans
le trafic de ce dépôt. Alors Maurice frémissait
jusqu'à la moelle des os ; il se livrait aux blas-
phèmes les plus durs contre la Providence qui
ne lui avait découvert l'abîme que lorsqu'il
n'était plus temps de l'éviter ; car Victor avait
assurément déjà ménagé une destination aux
cent mille écus d'Édouard ; ils étaient déjà
lancés sur la haute mer où voguent à pleines
voiles les vaisseaux de la fortune. Oh! si
Maurice eût pu les retirer, ces trois cent mille
francs, fût-ce du fond d'un volcan, fût-ce au
prix de dix ans de sa vie ; s'il eût pu les sentir

sous sa main pour courir les enfermer à tri-
ple clé, il eût été soulagé de la plus doulou-
reuse partie de ses maux présens. Il eût alors
dominé l'injure domestique qui l'atteignait ;
il se fût soumis avec fierté à la puissance aveugle
de la fatalité. Mais le mal était sans doute ac-
compli. Chaque minute rapprochait Victor
de Chantilly ; il devait être rendu à minuit, et
il était deux heures.

Sous le joug de ces pensées qui se livraient bataille dans sa tête, Maurice brûlait sur son siége.
Il allait à la croisée pour écouter, dans les intervalles de l'orage, s'il n'entendait pas venir
le cabriolet de son beau-frère. Le feu de la cheminée était presque éteint ; de loin en loin le
vent passait sur les lampes et en couchait les
clartés mourantes. Il s'accouda sur le marbre
de la cheminée, et sa figure pâle, et ses yeux
caves, et son front dont les pensées découra-
geantes semblaient aussi se réfléchir, se repro-
duisaient dans la glace placée devant lui.

Que dira-t-on ? que j'étais ruiné, que
j'avais joué à la bourse, et que mon incon-
duite m'avait mené là, à recevoir de l'argent de

l'amant de ma femme. On dira tout cela ; plus encore.

Maurice avait posé le doigt sur son front avec une effrayante énergie.

— Non ! Cela ne se peut, cela ne se doit pas. Qu'on meure quand on est seul, c'est permis ; on ne laisse derrière soi que des moralistes bavards dont le métier est d'arranger, d'après quelques philosophes qui se sont empoisonnés, deux ou trois phrases ronflantes contre le suicide ; mais se tuer pour ne pas faire banqueroute, c'est un vol de grand chemin ; c'est un choix avantageux entre le procureur du Roi et un pistolet ; c'est la détermination d'un bandit : il n'y a là ni philosophie ni athéisme. Et je suis, moi, dans une alternative encore plus poignante que le débiteur fripon qui trompe le garde du commerce, et la contrainte par corps, au moyen de deux gros d'arsenic. Ma mémoire et mon cœur sont le sanctuaire de mille familles qui n'ont vécu, qui n'existent que par moi ; leurs confidences de toutes les heures m'ont uni, comme par le sang, aux pères, aux enfans, aux petits-enfans, aux

maîtres, aux serviteurs, à tous. Moi mort, où
vont-ils? La justice arrive, fouille, déchire,
éparpille, lit, confond mes notes, mes dépôts,
mes papiers; des révélations sacrées devien-
nent des propos de journaux. Que de larmes
délayées dans mon sang !

C'est pourtant — je n'y avais jamais si
sérieusement songé — une mission de mar-
tyr que celle de répondre corps pour corps, faibles, comme nous le sommes, de tant de gens
qui ont peur eux-mêmes de leur fragilité. Économes, ils nous supposent plus économes
qu'eux; honnêtes, ils s'en remettent aveu-
glément à notre honnêteté; intelligens, ils ne
se dirigent que d'après nos lumières. Nous
sommes donc meilleurs que tout ce monde-là?
qui l'a dit? qui le prouve? qui le veut ainsi? Oh!
c'est une tyrannie d'une nouvelle espèce, celle
de nous croire si infaillibles, que nous ne pouvons presque manquer de succomber.

Il est donc vrai alors, pensa Maurice avec
une lucidité que les circonstances ne lui
avaient jamais donné lieu d'exercer, que nous
sommes épiés dans nos moindres actions par

ceux dont nous sommes chargés de mener la
vie et la fortune. Oui, on calcule nos dépenses,
on pèse nos paroles, on suit nos traces. Malheur au sou prodigué en public, c'est un vol;
malheur à la parole hasardée dans le monde,
c'est une trahison; malheur à la démarche
faite dans l'ombre, c'est une subornation.

Qu'avons-nous pour nous payer de tout cela?
quelle récompense?

— Holà! hé! Personne ne viendra donc m'ouvrir? voilà six fois que je sonne. Il est bien
agréable d'attendre ainsi au vent et à la neige.

Maurice appela pour qu'on allât recevoir
Victor.

— Percé jusqu'aux os! mon cher; la route
est un vrai torrent. Je croyais ne jamais arriver
au Mesnil-Aubry; les chevaux ont refusé : j'ai
été obligé de prendre un supplément à la poste;
mais enfin me voici! Il paraît que tu dormais
comme le reste de la maison. Ni feu ni lumière ici, mais je gèle, moi! — Voyons!
du bois! Joseph, mettez de l'huile dans ces
lampes.

— Je dormais, en effet, répondit Maurice;

le froid m'a gagné, le sommeil m'a surpris. Veux-tu prendre un bouillon?

— Rien, assieds-toi là; l'affaire est terminée.

— Tu as donc disposé des trois cent mille francs?

— Et quoi donc? les aurais-je joués à la roulette? Tu as l'air tout étonné!

— Moi! non, je trouve seulement que tu es allé très-vite...

— Trop vite?

— Je dis très-vite.

— Comment l'entends-tu? N'étions-nous pas d'accord que je me hâterais d'acheter les dix maisons de La Chapelle, afin d'être possesseur du côté entier de la rue par où doit passer le chemin de fer de Saint-Denis.

— J'en conviens, Victor; mais j'étais loin de croire que tu terminerais avec tant de promptitude.

— J'avoue, Maurice, que j'ai déployé quelque activité à traiter avec les propriétaires, gens tenus de plus en plus sur leurs gardes par nos achats précipités; ladres tentés, à mesure que nous devenions plus forts ac-

quéreurs, d'élever leurs chenils à des prix
fous. Ils s'imaginent tous qu'il y a des trésors enfouis dans leurs caves , dès qu'on entre
en marché avec eux. La joie de vendre leurs
maisons trois fois leur valeur les pousse, en
même temps que le regret de ne pas en tirer un
meilleur parti les retient ; ils se font courtiser,
les misérables, autant que s'ils nous les cédaient
pour rien.—Combien de millions espérez-vous
gagner avec nos maisons? disent-ils en vous
regardant jusqu'au fond des yeux. — Eh! eh!
vous ruminez sans doute quelque projet d'or,
Monsieur ? associez-nous : nous n'en dirons
rien. — C'est un si beau quartier que le nôtre;
c'est le véritable Paris. — Le roi aurait-il l'intention d'y venir demeurer ? s'informent-ils sérieusement. C'est que nos maisons décupleraient
de valeur ; dame! vous vendre nos maisons,
ce serait pour nous un marché de dupe. Si l'on
rit en soi de leur extravagance, on les rend
encore plus défians ; ils résistent. Si l'on garde
le sérieux, ils se confirment pareillement dans
la supposition qu'on les trompe. Quelque visage enfin que l'on emprunte, ils découvrent

toujours dans vos discours des raisons pour es-
timer qu'on veut les voler. Ma foi ! tu as raison ,
au fond, Maurice, d'être surpris de mon habileté
à m'être rendu favorables ces corsaires-là.

— Ainsi, Victor, toutes les maisons de La
Chapelle nous appartiennent.

— Toutes, comme au roi de France.

— Il ne reste donc maintenant que la réalisation du projet?

—Rien que cela. J'ai vu à ce sujet notre protecteur; il m'a assuré que le chemin de fer nous
serait adjugé dans moins d'un mois. Terre !
Maurice, nous touchons au port.

— Il n'y a plus d'obstacle, pense-t-il?

— Aucun, Maurice.

— Est-ce un homme solide? S'il traitait sous
main avec quelque autre qui l'avantagerait plus
que nous? J'ai parfois des ombrages.

— Folie ! j'ai prévu tout, en lui promettant
un prix inaccessible aux séductions.

—S'il perdait son emploi?

—Supposition monstrueuse! Ces gens-là ne
se compromettent jamais.

— Si...

—Si! si! si le gouvernement était renversé, n'est-ce pas ? comptes-tu beaucoup d'affaires manquées par la chute d'un trône? c'est placer un peu haut son désespoir ; mais je ne t'ai jamais vu si timoré, Maurice.....

—C'est que, Victor, je n'ai jamais aventuré si témérairement la fortune d'un de mes cliens.

— Tu lui escompteras l'intérêt de son argent. Est-ce que cela n'est pas établi de toute éternité ? Les cliens ignorent-ils que tu roules sur leurs fonds ? N'est-ce pas la vie de l'argent, la circulation ? Qui saurait mauvais gré d'imprimer à l'argent son mouvement naturel, sans compromettre les droits de personne ? ·

— Sans doute, mais sans compromettre personne.

— Qui dit le contraire ? N'es-tu pas toujours prêt à restitution, à toute heure ? T'en vas-tu aux Indes avec leurs dépôts, leurs fonds ? dilapides-tu pour ton plaisir? Quelle compensation aurais-tu aux soucis de la responsabilité, si tu n'avais aucun des bénéfices de ta charge? Tes cliens ! Tranquilles par toi, sois riche par eux : c'est le moins. Qui est-ce qui en souffrira ?N'es-

tu pas jaloux, d'ailleurs, puisque cette solida-
rité te pèse, de la secouer au plus vite? Connais-
tu, pour te créer en peu de temps une fortune
indépendante, un moyen meilleur que celui
que nous employons? On n'a pas deux fois
dans sa vie, surtout avec ton caractère, Maurice, l'occasion de s'enrichir. Profite! Crois-tu
que je te compromettrais jamais? Ma réputation
m'est chère aussi; et, je l'avoue, j'aspire, sans
mauvaise renommée, à m'associer à toute la
prospérité dont tu es digne : je prends exemple
sur toi, ta femme est ma sœur. Maurice baissa
la tête.

Je voudrais même, s'il était possible, me
régler de plus près sur ta conduite.

Bonne ou mauvaise, Maurice, il faut une
fin à la jeunesse; elle ne vaut rien pour s'éta-
blir. On se méfie des hommes qui n'ont aucune racine dans le sol. Juges-en; sans toi je
n'aurais pas un liard de crédit; et si tu n'étais
pas marié, tu serais exactement dans la même
position que moi. Le mariage est un excellent
endosseur.

— Tu penses donc te marier ? interrompit
Maurice avec ironie.

— Oui ; pourquoi non ?

— Et tu me consultes ?

— Mais oui... tu as l'air de trouver cela bien
étrange ?

— Au contraire !

Ce mot fut dit par Maurice si péniblement ,
que Victor y sonda l'aveu d'une douleur conjugale, dont il ne pouvait décemment , frère de
la femme de Maurice, demander la cause.

Sans trop peser sur la remarque, Victor reprit :

— Je comprends avant d'entrer en ménage
les chagrins domestiques comme un autre ; les
ennuis de l'habitude, les caprices d'une femme ;
les fautes même où elle tombe quelquefois.....

— Victor ! ma femme pourrait tout entendre. Il n'y a pas long-temps qu'elle est rentrée
dans son appartement.

Les deux beaux-frères se turent.

Après une pause :

— Mais c'est de toi qu'il s'agit. En quoi crois-
tu utile de me consulter, Victor ? sur une ma-

tière où je n'ai pas plus de lumières à t'offrir
que beaucoup d'autres?

— Je ne suis pas doué, Maurice, d'une or-
ganisation assez complète, pour attendre le mariage comme la conclusion d'une passion impérieuse; et, à mon sens, quand on ne se marie
pas par amour, il est de raison de ne s'engager
qu'à la condition d'être heureux sous d'autres
bénéfices.

— Tu rêves, reprit Maurice, un mariage
d'argent? ·

— Un bon mariage.

— Ce sont deux choses.

— Passons sur les subtilités, Maurice, aide-
moi.

— Comment t'aider?

— Tu es tout puissant sur une famille de
Chantilly. J'ai distingué, dans cette famille,
une jeune fille douce, simple, et j'oserai
dire, très-riche — du moins c'est le bruit général. J'ajouterai, pour que mes prétentions
ne te surprennent pas si fort, que ta femme m'a
encouragé — car c'est du ressort des femmes, le
mariage — à persister dans mes espérances. Ma

sœur a même, je crois, mis la jeune personne
dans la confidence. Ce qui me reste à obtenir,
ce qu'il t'est facile de m'assurer par ta bonne in-
tervention, c'est le consentement de M. Clavier dont tu guides la volonté en toutes choses.

— Il s'agit donc de mademoiselle de Meilhan,
Victor ! de Caroline?

— D'elle-même ; cela t'étonne encore ?

— Beaucoup. Renonce à ce projet, tu n'as
rien à espérer.

Et ma femme ! ma femme, pensa-t-il, qui
conduisait cette intrigue ! marier sa rivale à
Victor, pour se débarrasser de sa rivale. Marier
Caroline à Victor, pour acheter la complicité
de son silence ! Le frère saurait-il tout !

Maurice regarda son beau-frère qui, s'aper-
cevant du trouble que causait sa demande, tenta
de frapper à côté de la question pour l'éclaircir
sans l'irriter.

— Après tout, Maurice, je me suis trop flatté
peut-être. Il n'est pas impossible que la fortune
de mademoiselle de Meilhan soit au dessous des
exagérations accoutumées de l'opinion ; peut-

être aussi ne m'a-t-elle pas attendu pour disposer de sa main ; peut-être...

— Aucune de tes conjectures, Victor, n'est,
je présume, réellement fondée ; il est mal de les
multiplier sans nécessité.

— Soit, Maurice, permets-moi seulement
alors de m'ouvrir en ton nom à M. Clavier;
quel danger y vois-tu ?

— Un très-grand danger. Il attribuerait à
mes conseils, à mes indiscrétions sur sa fortune,
ta démarche auprès de lui, pour solliciter la
main de mademoiselle de Meilhan.

Il m'avoue donc malgré lui qu'elle est riche,
pensa Victor ; le reste arrivera.

— Mais cependant, Maurice, s'il faut qu'elle
se marie, il est de rigueur que celui qui la dési-
rera pour femme s'adresse à M. Clavier.

— J'en conviens, mais je n'y serai pour
rien.

— Préfèrerais-tu que je m'autorisasse du nom
de Léonide ?...

Voici le piége, réfléchit tristement Maurice.
Il va me battre avec les armes de tantôt. Ma
femme est encore évoquée. Il se sent sûr de me

vaincre par la menace de ma femme, l'ame de
cette conjuration. Décidément, je suis la victime d'une trahison domestique tramée dans
l'ombre depuis long-temps autour de moi.
Édouard, ma femme et Victor, tenaient le fi-
let où je suis pris.

— Léonide ne vaut rien pour une telle re-
commandation, Victor. M. Clavier n'aime pas
l'embarras des femmes en affaires. Soutenue
par la mienne, ta cause serait complètement
perdue, comme elle l'est d'ailleurs dans tous
les cas; ainsi, renonce à te servir de Léonide. Si
tu tentais de l'employer, je m'y opposerais de
toutes mes forces; je suis franc, Victor.

— Je te remercie, Maurice, de ta sincérité
quoique bien dure pour moi, pour un ami qui
n'a réclamé que les moindres profits dans des
relations où tu n'as pas jusqu'ici, que je sache,
mal engagé ni ton temps, ni ta fortune; sincérité
bien dure pour un frère qui admet cependant sans
se plaindre ton refus de le servir dans l'acte le plus
important de sa vie; mais qui ne comprend pas, je
l'avoue, ton obstination à lui taire quelques
paroles d'éclaircissement. En un mot, Maurice,

si tu as assez fait pour soutenir jusqu'au bout ta
ferme résolution à ne point m'aider, il te reste
à m'expliquer, ne fût-ce que par convenance, les
motifs de ce déni d'amitié.

. — Toujours des gens qui me versent leurs
secrets et toujours des gens qui m'assiègent pour
me les voler. Ceci me lasse, ruine ma vie où
tout le monde prend, excepté moi. Victor, tu
me reproches d'être sourd à l'amitié parce que
je n'ai pas le droit de t'imposer comme mari
à mademoiselle de Meilhan ; tu me rappelles ce
que tu as sacrifié pour m'élever à ma position
actuelle ; hé bien, crois-moi, s'il était en ton
pouvoir de me faire redescendre tout le chemin
que j'ai gravi avec toi, pour me reléguer de
nouveau dans ce coin d'obscurité, d'oubli, de
médiocrité, où je végétais quand je te connus ;
sois-en sûr, je te devrais encore plus de reconnaissance pour cela, que pour tout ce que tu
as fait d'utile à ma fortune. Je me le répétais ce
soir encore ; je ne suis pas assez fort pour le
titre de notaire dont le poids m'écrase ; je péris
sous lui. Que de terreurs autour de moi ! veiller,
garder, sceller, être le prêtre, le coffre de fer,

la langue du muet, l'esprit divin de conciliation,
l'ami, le parent, la sentinelle du monde, et n'a-
voir devant soi aucune puissance modératrice,
si ce n'est, entre mille moyens de l'éluder, une
ombre de justice qui ne nous effraie jamais.
Royauté dangereuse, meurtrière, que la mienne !
Qui m'en débarrassera ? Ceci est une réponse
à tes reproches de m'avoir fait ce que je suis.
Sois raisonnable, Victor, ne me parle plus de
ce projet de mariage.

— Je t'aurai fait riche malgré toi, Maurice ;
c'est un crime dont quelques uns m'absoudront
peut-être ; je désire que tu trouves des appré-
ciateurs aussi indulgens de ta conduite à mon
égard.

— Mais, malheureux, s'écria Maurice dont
les accès de colère, plus fréquens depuis
qu'on avait aigri son caractère, comprommet-
taient toujours l'impénétrabilité, et Victor le
savait bien ; mais, malheureux, es-tu un enfant
pour me forcer à dire, pour que tu ne sentes
pas qu'il y a entre Caroline de Meilhan et toi,
Victor, des obstacles invincibles, d'airain.

—Bah ! le vieux M. Clavier, dans son puritanisme républicain, n'excepte guère, entre tous ceux qui peuvent aspirer à mademoiselle Caroline, que les gentilshommes ; et je ne suis pas gentilhomme, Dieu merci !

— Qui t'a dit ça, interrompit Maurice avec épouvante ? On a donc lu .... ce serait un crime abominable !

Maurice porta précipitamment la main à la poche où il cachait la clé de son secrétaire.

— Je n'ai rien lu, Maurice, calme-toi ; quelles idées as-tu ? Mademoiselle de Meilhan m'a tout appris ; car je la vois, je lui parle, je lui écris depuis quelques mois. Le service que je te demandais n'était qu'une démarche de convenance à faire auprès de M. Clavier ; je t'aurais mis d'abord au courant de mes relations avec mademoiselle Caroline, si je n'avais été intimidé par ton air fâché, quand, sur mes paroles mal comprises, tu as imaginé, et rien n'est plus faux, que Léonide m'avait ménagé des intimités.

— Et mademoiselle de Meilhan t'aime ! toi ? tu en es sûr, Victor, bien sûr ?

Maurice, en interrogeant son beau frère, n'avait plus une figure de ce monde.

— Être aimé est un avantage, Maurice, je
te le répète, qu'on avait quelquefois le tort de ne
pas sentir. Si je l'ai obtenu, je n'en suis fier
que pour te convaincre de ce qu'il y avait de
naturel dans mes prétentions, si monstrueuses
à t'entendre.

Indigné des paroles de Victor, Maurice poussé
à bout, s'écria :

— Mais sais-tu bien?.... Qu'allais-je dire ?
Et si c'était lui.... après tout. Mais Édouard
pourtant qui m'a révélé l'état de Caroline. Les
aurait-elle écoutés tous les deux? Il paraît que
le monde est ainsi fait, mon Dieu !

Sur l'exclamation délirante de Maurice, Victor avait pénétré comme par une brèche dans
un amas de ténèbres. Toutes les réticences de
son beau-frère, rapprochées avec une lucidité
diabolique, commentées, forcées, éclaircies
l'une par l'autre, lui avaient donné le vrai sens
de la pensée que Maurice tenait à cacher le plus
soigneusement.

— Écoute, Maurice, lui dit-il en se jetant
sur sa pensée comme un tigre sur un enfant
endormi, écoute, nous sommes encore assez

jeunes tous deux pour nous comprendre et pour nous excuser. Mademoiselle Caroline de Meilhan ne s'appartient plus.

— Je ne pensais pas que ce fût là ton secret, Victor, le tien propre.

Sans afficher la moindre émotion, Victor répondit avec un indéfinissable son de voix : C'est mon secret !

Qui sait quelle blessure intérieure se fit ce jeune homme, en avançant ce mensonge.

Il sourit ensuite avec fatuité.

Et que de choses passèrent à travers l'imagination de Maurice en un instant !

M. Clavier n'a donc plus à récriminer contre Édouard ; à défaut il rabattra la moitié de sa colère sur Victor ; mademoiselle de Meilhan a eu deux amans : Édouard et Victor. Quel est le père de l'enfant qu'elle porte ? Il se noie dans cette bourbe. — Enfin Maurice s'arrête à cette conclusion, qu'il vaut mieux dans le doute que Victor soit le mari de mademoiselle de Meilhan, qu'Édouard, par la raison que M. Clavier consentira plutôt à accepter l'un que l'autre ; à tout prendre, mademoiselle de Meilhan aura un parti ; et son beau-frère parviendra à la plus haute réalisation de ses vœux d'ambition. A quoi bon dire à Victor dans un pareil moment : Édouard est aussi l'amant de mademoiselle Caroline ; et il m'a fait la même confession que toi.

— Tu seras présenté par moi à M. Clavier, puisqu'il en est ainsi, Victor, lui dit Maurice, excédé par les surprises dont il avait été si rudement heurté , et sans respirer un instant, depuis son entrevue avec le conventionnel.

— A la bonne heure, Maurice ! Dieu soit loué ! j'ai enfin retrouvé un frère en toi ! Tu seras de la prochaine noce, j'espère bien.

— Je le pense.

— Et le parrain de l'enfant. Vois ! tu seras mon associé, mon beau-frère, mon témoin, mon ami et mon compère.

Sur ce mot de compère, Maurice chercha si ce n'était pas une amère raillerie que Victor lui envoyait au visage.

Victor ne raillait pas le moins du monde, sa joie était sérieuse.

Il fut cependant impossible à Maurice de

s'associer avec une effusion sincère au contentement de Victor, quand celui-ci lui exprima
sa satisfaction dans tous ses détails domestiques et champêtres. Il habiterait Paris,
mais il aurait sa maison de campagne à
Chantilly. Caroline de Meilhan, sa femme,
deviendrait la sœur d'adoption de Léonide.
On coulerait d'heureux jours. Tout cela
valait bien quelques orages à traverser.
On ne pêche pas les perles sans se mouiller,
dit Victor en prenant un flambeau pour se retirer. Adieu, Maurice, est-ce que tu ne vas pas
te coucher aussi ?

— Dans un instant ; je te suis.

Maurice consuma une partie de la nuit à
écrire à Jules Lefort.

Vers l'aube, il s'endormit sur sa chaise.

C'était la première fois depuis son mariage
qu'il passait la nuit hors de l'appartement de
Léonide.

Quand il s'éveilla, il avait la poitrine inondée
de larmes.

Il avait pleuré en dormant.

VI.

Deux mois s'étaient écoulés depuis la crise
qui avait agité si profondément deux familles.
Chantilly commençait à se parfumer de l'odeur
végétale des bois en floraison. Mars répandait
ses belles matinées. Entre les troncs d'arbres,
le jet des jeunes pousses était déjà assez fourni
pour adoucir la nudité des branches dépouillées
par l'hiver; et sur l'amas des feuilles jaunes
de l'arrière-saison courait l'ombre claire des

feuilles nouvellement venues. Sous les eaux
moins pesantes, moins vaseuses des étangs,
les poissons, revêtus de leurs écailles neuves, ren-
voyaient au soleil les reflets qu'ils lui emprun-
taient; dans l'air, une élasticité pleine de mol-
lesse se faisait sentir.

On a déjà tenté de fixer, au début de cette
histoire, la disposition particulière des maisons de Chantilly; celle de M. Clavier, ne s'é-
tait plus que très-raremeut ouverte depuis deux
mois, depuis la fatale nuit d'explication chez
Maurice. Derrière les grilles vertes du jardin,
des volets avaient été glissés, afin d'empêcher
les passans de pénétrer par leurs regards dans
l'intérieur du corps de logis, si visible autrefois aux oisifs dont Chantilly abonde. Si d'assez osés collaient un œil furtif aux fentes
survenues aux volets par la sécheresse du bois,
ceux-là n'étaient guère récompensés de leurs
peines. Déjà sous la puissante action du printemps, des arbustes non émondés jetaient leurs
baguettes au hasard, échappant aux formes
gracieuses auxquelles plusieurs années de soins
et de culture les avaient soumis; beaucoup de

pots de fleurs, chassés par les derniers vents
de l'automne, gisaient dans les allées où ils
avaient roulé avec leurs géraniums. De petits
oiseaux chantaient sur ces ruines. Déteint
sous la pluie, l'arrosoir se balançait à une
branche morte; des touffes d'herbe cachaient
les dents du rateau comme pour l'insulter. On
ne distinguait plus, tracés avec une grace inspi-
rée par le superbe voisinage du château, les des-
sins si variés des parterres, si corrects et si
beaux à la fois; le régulier jardin de M. Clavier, le joli jardin de Caroline, n'offraient plus
que l'aspect d'un cimetière. Au milieu de cette
désolation, la serre chaude seule s'était main-
tenue avec avantage, malgré d'énormes filets
de gramen qui en fouettaient les carreaux;
à travers leur transparence, de jour en jour
plus contestable, on apercevait quelque vigueur de verdure. Entre les dalles du perron
intérieur, soulevées par des efflorescences de
mousse, et les portes d'entrée, de petites fleurs
bleues et jaunes avaient poussé à plaisir et en
si grande abondance, que, pour ouvrir ces portes, l'office du jardinier eût été aussi nécessaire

que celui du serrurier. Ce qu'il y avait de triste
encore, c'était l'absence de l'écriteau de loca-
tion, certificat de négligence qui explique à la
rigueur le délaissement momentané d'une propriété. La maison n'était pas à louer. Un sillon
de rouille avait coulé le long du mur auquel
était fixé le fil de fer de la sonnette.

M. Clavier était malade; il gardait le lit depuis deux mois. Il ne se levait que pour écrire
des lettres et en si grand nombre que la fatigue
était excessive pour lui dont la main tremblait
à la moindre émotion; sa correspondance paraissait lui en causer beaucoup.

A chaque réponse qu'il recevait, il priait
Caroline, elle autrefois sa lectrice chérie, de le
laisser seul. Caroline pleurait et se retirait.
A peine était-elle partie, qu'elle entendait s'ouvrir, et au bout de quelques minutes, se fermer
le coffre-fort de M. Clavier. Si la douce enfant
n'était pas tyrannisée, elle n'était plus aimée
avec la même tendresse. Le père était encore
là avec ses regards attentifs, sa sollicitude silencieuse, mais l'ami avait disparu. Il embras-
sait Caroline de loin en loin, mais au front et

plus sur les joues, quelque effort qu'elle fît pour
se glisser à cette faveur. La disgrace de toute
lecture s'était étendue aux journaux qui n'é-
taient plus même dépouillés de leurs bandes.

Tranquille sur le sort de ses affaires d'intérêt
réglées dans le cabinet de Maurice, indifférent
sur sa santé, M. Clavier se renfermait dans
ses souvenirs et en abaissait ensuite le couver-
cle. Il vivait en lui, au fond de ses vieilles convictions, sous la voûte haute et noire de sa vie,
rattachant à sa fatalité d'homme politique, avec
une obstination que les événemens avaient pris à
tâche de justifier, les derniers malheurs dont il
avait été frappé dans son enfant d'adoption, Caroline de Meilhan. Le serpent de l'aristocratie, mal
tué, s'était retourné et l'avait piqué. Il mourait de
la blessure, et il mourait sans vengeance ; sans
vengeance ! après avoir si bien calculé la sienne !
Caroline avait déjà retrempé sa race ; et, sans un
double meurtre, il n'était plus permis à l'é-
ternel destructeur de cette race de l'éteindre.
A cette pensée, M. Clavier se raidissait, il
se dressait sur son lit de malade ; furieux,
agité, pâle, il se soulevait de toute la force

de ses poings nerveux; et il semblait apos-
tropher face à face, comme à la tribune de la
Convention, un adversaire invisible. Son doigt
fiévreux le désignait, le marquait au front, l'é-
cartait, le découvrait dans quelque coin, et de
là le ramenait à ses pieds. Ses cris plaintifs l'interrogeaient alors comme si, pour s'en faire entendre, il eût fallu pousser la voix jusqu'au fond
d'un abîme ouvert à ses côtés. Il s'épuisait tellement, que sa tête, pesante de colère, retombait
sur son oreiller. Il restait dans cet état jusqu'à ce
que Caroline vînt doucement le relever et lui
rendre quelque calme à force d'air et de précaution.

— Caroline, dit-il un jour au sortir d'une
semblable agitation, vous ferez venir le jardinier, demain si c'est possible; il tracera mes
buis, il taillera ma vigne à l'italienne. Je vous
charge de lui commander tout ce que vous ju-
gerez nécessaire aux réparations du jardin.

A la première parole prononcée par M. Clavier, Caroline croyait avoir regagné l'amitié du vieillard. Des larmes lui voilèrent les
yeux; c'est bien ainsi qu'il en usait autrefois

avec elle, sans prière, sans autorité, adoucissant sa voix. Caroline se rapprocha davantage
du lit afin de ne pas voir tarir à sa source ce premier épanchement d'indulgence dont elle était
altérée. Quelle joie pour elle s'il lui eût même
fait des reproches; elle savait que le pardon les
suivrait. Il en avait toujours été ainsi autrefois. Sa triste et jolie tête penchée sur celle de
M. Clavier, elle attendit qu'il parlât encore.

— J'ai jugé aussi que vous deviez reprendre
la direction de la maison. Il est mal qu'elle soit
négligée plus long-temps; très-mal—je l'ai mieux
compris depuis—qu'elle paraisse dans cet état
d'abandon aux étrangers.

— Mais pourquoi, se hâta de répondre Caroline, toujours tremblante de laisser mourir l'entretien, mais pourquoi ne me l'avoir pas
exprimé plus tôt ? Vous savez, Monsieur, que
j'aurais mis mon bonheur, mon devoir, à reprendre mes fonctions ici; et peut-être n'ont-elles
pas toujours été inutiles. Rendez-moi cette
justice, Monsieur, de convenir que rien n'aurait été négligé, si vous ne m'eussiez pas or-
donné de supendre mes travaux. Mais je les re-

prendrai, dites-vous. C'est qu'il est temps. Par exemple le jardin. —Pauvre jardin! il est dans un abandon! je le regarde quelquefois de ma fenêtre! c'est douloureux ; des branches brisées, des vignes rampantes. Oh ! vous le verrez ! ou plutôt n'y descendez que lorsque le jardinier y aura travaillé pendant quelques jours.
— Ce n'est pas seulement au jardin qu'il faut songer : les appartemens du bas sont pleins d'humidité; les dernières pluies ont pénétré dans le salon d'été ; je crois bien qu'il sera nécessaire de changer la tapisserie. N'êtes-vous pas de cet avis ?

Joyeuse de parler, de rompre le silence dont elle avait si long-temps souffert, Caroline s'échappait, ainsi qu'une hirondelle retenue tout un jour dans une cage. Il y avait de l'ivresse dans sa parole nombreuse, brisée et pour ainsi dire de retour d'un long voyage.

Monsieur Clavier reprit, mais du même ton de voix que s'il n'eût pas été interrompu :

— Voici la clé de mon secrétaire, qui renferme les autres clés de la maison. Elles y sont toutes ; celle du jardin aussi.

En présentant cette clé, M. Clavier ne regarda
pas Caroline. D'ailleurs, il l'aurait pu difficile-
ment; sa pose horizontale lui permettait tout au
plus d'apercevoir la cime de la forêt, entre les pans
de rideaux de l'alcove. Il n'avait tenté aucun
effort pour changer d'attitude, tandis que Caroline parlait au dessus de son front. Ses paupières
ne s'étaient pas relevées.

Remuant à peine les lèvres, il ajouta en tenant toujours la clé du secrétaire :

—Comme j'ignore combien de temps ma
maladie me retiendra au lit, j'ai dû, afin de ne
pas laisser dépérir une maison qui ne m'appartient pas, vous prier de reprendre la direction
que vous en aviez autrefois.

Bien qu'il n'y eût rien d'entraînant dans la
voix de M. Clavier, la simple faveur qu'il accor-
dait à Caroline de la replacer à la tête de la maison avait suffi à celle-ci pour s'abandonner à toute
sa joie. Elle fut sur le point d'appuyer ses lèvres
sur le front de M. Clavier. Elle osa seulement
lui dire :

— Croyez-le, Monsieur, j'essaierai d'avoir

le même zèle; peut-être en récompense me ren-
drez-vous l'affection qui me payait si bien de tant
de soins devenus pour moi un plaisir. Je vous ai
souvent donné lieu de vous plaindre de mon
étourderie ; le service n'a pas toujours été aussi
régulier que vous l'eussiez désiré ; souvent je me
suis levée trop tard. Oh ! je me suis dit cela sans
que vous ayez eu besoin de me le reprocher,
Monsieur, mais on se corrige avec l'âge ; votre
bonté m'a rendue sévère pour moi-même ; vous
verrez maintenant combien je serai plus atten-
ive, plus soumise. C'est que je ne suis plus une
petite fille, savez-vous cela ? J'espère que bientôt
vous serez mieux, tout-à-fait bien ; et nous irons
—car voici le printemps—nous irons encore
nous promener dans le bois ; j'ai des livres à
vous lire, beaucoup de journaux en arrière, tous
vos journaux sont de côté...

Il n'est pas d'objets plus ou moins susceptibles
de ranimer la sourde apathie de M. Clavier, que
Caroline ne rappelât pour faire tourner vers elle
des yeux sans mobilité.

En prenant la clé du secrétaire, Caroline

9.

. chercha à presser avec ses lèvres la main de M. Clavier ; elle ne sentit que le froid de la clé ; la main s'était retirée.

— Pourquoi cela ? demanda-t-elle doulou-reusement. Aucune réponse.

Est-ce que vous ne me parlerez plus ja-mais, Monsieur ? Croyez-vous que Dieu vous punirait, si vous étiez assez bon—et vous êtes bon, Monsieur—pour m'appeler encore votre enfant, votre Caroline, pour me pardonner ? si vous vous figuriez combien, au moment où je vous parle, mon cœur se serre.....

· La voix de Caroline s'éteignit ; sa respiration devint petite, elle s'appuya plus fort sur l'o-reiller du malade.

— Depuis deux mois je ne dors pas ; et les nuits sont si longues ! Si j'avais su par quel moyen effacer ma faute, je l'aurais employé ; je suis cependant bien punie. Vous ne me parlez pas. Vous souffrez aussi et vous vous taisez.

Vous avez refusé mon bras pour vous pro-mener, vous ne voulez plus que je lise vos jour-naux, que je soigne vos fleurs ; tout ce que je touche vous déplaît. Je meurs dans ma tristesse,

je sais, mon Dieu, que vous ne me grondez
pas, que vous ne me souhaitez aucun mal. Mais
le plus grand des maux, c'est votre silence,
ce silence-là. Parlez-moi donc, Monsieur! Voyez
combien je suis souffrante, maigrie, malheureuse! combien...

Caroline n'arrachait aucune parole du vieillard dont l'insensibilité ressemblait à celle de la
mort.

— Si j'étais une personne inconnue et que
l'on vous racontât mes chagrins, vous y pren-
driez part ; vous m'accorderiez, étrangère, ce
que je ne puis obtenir, moi, votre compagne ;
vous diriez : Pauvre fille! hé bien, dites-moi ce
mot-là seulement : Pauvre fille ! Si j'étais votre
domestique, votre pitié de maître ne me pous-
serait pas rudement du pied dans la rue. Je vous
sais généreux pour vos domestiques. Si j'étais
enfin votre fille, votre sang, après s'être soulevé,
avoir crié, s'être irrité contre mon crime, s'a-
paiserait, et vos bras, vos bras qui sont de fer
en ce moment, se tendraient vers moi et ne
me rejetteraient plus ; mais vous êtes muet,
sourd, aveugle, mort, impitoyable! Monsieur!

Oui, Monsieur, impitoyable, parce que je ne suis ni votre domestique, ni une inconnue, ni votre fille. Et pourquoi, si je ne vous suis rien, ne me laissez-vous pas? Pourquoi m'aimez-vous? Pourquoi ne me pardonnez-vous pas? Qu'est-ce que cela vous fait?

Quand vous allâtes chercher ma mère dans un château déjà couvert de flammes, c'était une enfant, et vous ne la tuâtes pas. J'ai aussi un enfant dans mon sein..... et ma mère nous regarde tous deux, vous et moi, en ce moment, Monsieur!

M. Clavier ne remuait pas plus qu'une vieille statue de bronze qu'on aurait couchée tout au long dans un lit; sa face verte et ridée semblait morte depuis dix-huit siècles.

— Je ne vous ai jamais vu prier, Monsieur, jamais; j'ignore de quelle religion vous êtes. Sans cela je prierais votre dieu de vous inspirer la bonne pensée de m'entendre, de ne pas m'abandonner à cette heure où je sens mon enfant sous ma main. Cet enfant n'est d'aucun parti qui lui soit un crime reprocha-

ble. Je l'appellerai de votre nom ; mais souriez
à sa mère comme vous sourîtes à la mienne.

Rien! toujours rien! oh ! n'avez-vous de la
bonté, de la pitié, de l'humanité, Monsieur, que
pour ceux dont vous avez tué le père et la mère ?
N'en avez-vous pour une génération qu'à la condition de verser le sang de celle qui l'a précédée ?
Je dois être heureuse que vous ayez tranché en
place publique la tête de mon aïeul, afin de vous
être reconnaissante aujourd'hui du bien fait par
vous à ma mère. Si vous me repoussez, moi,
c'est donc parce que vous ne l'avez pas tuée,
régicide que vous êtes! car je sais tout. Donc,
Monsieur, au nom de mes parens que vous avez
assassinés, pardonnez-moi, ou je ne vous pardonne pas, moi! et nous sommes deux ici à vous
maudire!

Le régicide resta toujours de pierre.

Après s'être précipitée sur M. Clavier,
comme pour l'étouffer, Caroline s'arrêta de
frayeur, et se traîna ensuite le long des murs
jusqu'à la porte de la chambre; elle n'alla pas
plus loin. Un évanouissement la saisit : elle
tomba.

Quand elle reprit ses sens, il s'était écoulé plusieurs heures, et la nuit était venue.

Se souvenant à peine de l'anathême que, dans le délire, elle avait imprimé sur le front de M. Clavier, balbutiant des paroles dont sa volonté n'avait pas arrangé le sens, elle alla machinalement, ainsi qu'une somnambule, rêvant, tremblant, s'arrêtant à chaque marche, jusqu'à la serre chaude, dont la clé lui avait été rendue par M. Clavier.

Ses pensées furent plus paisibles à mesure que l'odeur exhalée par les arbustes de la serre l'enveloppa, et qu'elle renoua ses organes à des émanations dont chacune, comme une date fidèle, la mettait sur la voie d'un souvenir. Ces larges feuilles assez évasées pour garantir de tout un orage; ces fleurs nacrées, et voûtées en ombrelles pour repousser les ardeurs du soleil dont leurs corolles sont l'image; ces bouquets aromatisés et qui conservent quelque chose des passions qu'ils provoquent dans les climats d'où ils viennent, étaient autant de monumens élevés par Caroline à la mémoire de son affection si tendre pour Édouard. Là, elle avait lu sa première lettre; sous ce palmier, portique vert arrondi sur son front, elle avait tracé au crayon une réponse ; elle avait failli mourir asphyxiée sous ces vanilliers en fleurs, la nuit où elle écrivit, bien triste, pleine d'angoisse, pâle de remords, la lettre qui ne laissait plus ignorer à Édouard qu'il serait père.

Ce retour vers un passé si doux et si funeste, dans un lieu qui le rappelait si énergiquement à l'imagination, fatigua Caroline en pesant trop sur sa faiblesse. Elle alla au jardin dont le désordre l'affligea. Ses pieds s'embarrassaient dans les plantes parasites qu'elle n'avait plus été là pour faire arracher. Par un sentiment facile à pardonner, la pauvre enfant, depuis si long-temps privée de ses belles promenades nocturnes sur la pelouse et dans la forêt de Chantilly, voulut faire usage de la clé du jardin que M. Clavier lui avait aussi remise. Elle ouvrit la porte, et tout à coup son ame s'envola comme un papillon en passant, ailes déployées, sur la tête de la vaste forêt. Caroline s'appuya comme une statue contre la porte du

jardin pour entendre le rossignol, dont la voix
sereine passait et repassait sur le bruit des eaux
murmurantes du château.

Pendant qu'elle était ainsi distraite, une
main s'appuya doucement sur la sienne.

— Édouard! vous! Édouard! vous vivez!

— Caroline!

Ils rentrèrent dans le jardin.

Un silence douloureux couvrit les premiers
instants de leur entrevue. Caroline était penchée sur l'épaule d'Édouard.

—Depuis huit jours, Caroline je rode autour
de votre maison, véritable tombeau, sans jamais avoir eu l'occasion d'y pouvoir pénétrer
ou d'y introduire une lettre. Que s'est-il donc
passé ici?

— Dans quel moment, Édouard, vous venez!
Dieu vous envoie ici; sa main vous a conduit
vers moi! que de fois j'ai pensé à vous pour
me sauver, dans cette nuit fatale qui s'écoule.
Cette maison est pleine de terreur. La désolation est écrite à chaque place. Là haut, il y
a un homme qui veille depuis huit jours et qui
depuis huit jours n'a parlé une fois cette nuit

que pour attirer une malédiction sur son lit. Je
ne suis donc pas si malheureuse que je le croyais,
puisque je vous revois, puisque vous êtes là.
Mais toi, mon ami, mon Dieu, mon Édouard,
où as-tu été pendant ces deux mois que nous
avons été séparés ? tu vas tout me dire,
avec les dangers que tu as courus ; car tu me
dois maintenant la confidence de ta vie entière.
Que je sache tout ; parle, afin que je remercie
dans mes prières ceux qui t'ont prêté un asile ;
tu viens de loin ; tu es fatigué, mon Édouard,
tu es souffrant !

— Je suis désespéré, Caroline. Je reviens
de la Vendée.

— Où tu as vu ta mère ?

— Où j'ai trouvé celle qui, plus délicate
que toi, Caroline, dort dans la chaumière bat-
tue des vents ; passe ses journées sans pain sous
un arbre ou au bord d'un torrent, et traverse,
à la tête des paysans, les bataillons ennemis qui
lui barrent le passage de son trône.

— Tu m'as instruite à l'aimer, Édouard.

—Admire-la avec moi, Caroline ; mais plains-
la aussi. Nous lui avons vainement démontré —

il est vrai que c'est une affligeante vérité à
dire — que si l'enthousiasme doublait les
hommes, il ne doublait pas la portée du fusil ;
vainement nous lui avons dit, moi et ceux qui,
mieux que moi, ont·compté les forces dont la
sainte insurrection dispose, que l'heure n'était
pas sonnée de marcher sur la capitale, enseigne
blanche déployée, aux cris de *Vive le roi!* Elle
n'écoute que ses espérances , que les vœux de
quelques dévoûmens surhumains où elle s'appuie comme sur des lions , et elle dédaigne la
prudence la suppliant à genoux de ne pas faire
passer la France par les armes, et elle, son ange,
dans quelque basse-cour de village.

— Mon Édouard, veux-tu me suivre ? la voix
monte, on pourrait entendre des étages supé-
rieurs.

Se prenant sous le bras avec la grace infinie
de deux amans ou plutôt avec la familiarité divine de deux jeunes mariés, l'enthousiaste
Édouard et la mélancolique Caroline entrèrent
dans le salon contigu aux deux serres, espèce
de vestibule pavé servant de passage de la maison au jardin.

— Parle maintenant, Édouard !

Assis l'un près de l'autre, éclairés par la lueur des deux lanternes suspendues au plafond, ils purent distinguer les changemens survenus à leurs traits depuis leur séparation, marquée pour elle et pour lui par tant d'incidens graves. Une exaltation voilée de beaucoup de tristesse animait la figure d'Édouard ; ses yeux étaient sombres sans avoir perdu leur douceur. Le dédain d'un âge avancé plissait le contour de sa bouche, dont l'expression n'était adoucie que par l'extrême blancheur de ses dents. Sous l'acide des chagrins s'était ternie la feuille d'or de la jeunesse.

Caroline n'osa lui dire combien il était changé.

De son côté, Caroline n'avait plus — et ceci s'expliquait à beaucoup d'égards — la même suavité d'ensemble. La vie était moins impatiente chez elle. L'indécision de sa voix, de son regard et de sa démarche, s'était perdue dans un délicat embonpoint.

— Continue, Édouard, je t'écoute.

— Je me suis rangé, Caroline, à l'opinion
de ceux qui n'ont pas répudié toute précaution
en se mettant en hostilité avec un gouvernement
qui, s'il n'a pas la justice pour lui, a pour lui du
moins l'auxiliaire aveugle de l'armée, et l'inertie
de la population. Cette opinion a déplu à des
conseillers plus téméraires. On a jugé notre
concours suspect, du moment où il se montrait
accompagné des restrictions de la prudence;
nous avons été remerciés.

Une poignante amertume imprégnait les paroles d'Édouard qui oubliait l'ingratitude dont
on le payait, le repos de sa famille troublé, ses
terres dévastées, son château détruit, sa vie
proscrite, sa tête mise à prix, pour ne se plaindre que du refus qu'il éprouvait de ne pouvoir
se sacrifier à sa cause d'une manière utile.

— Ainsi, Édouard, tu es repoussé de tous
côtés; tu n'as plus aucune opinion qui t'abrite.
Il y a donc un vent de malheur qui nous
frappe également : car je ne sais pas non plus à
quel titre je reste sous ce toit. Cette dernière
nuit y a entendu de sinistres paroles. J'en suis
encore glacée.

— Que dis-tu?

— M. Clavier sait tout, Édouard; il m'a vue
à genoux, suppliante, humiliée, en pleurs, et
il n'est point sorti de son implacable silence.

— Oui! alors j'ai bien fait de venir. Dieu
m'a conduit. Portons mon malheur et le
tien sous un autre ciel. Partons! — déshonorée
si tu restes; tué si je suis surpris en France;
fuyons vite! Un ami m'a confié un passeport qui
pendant dix jours encore me permet de gagner l'Allemagne avec toi. Ma voiture est à l'entrée du bois; viens! nous sommes sur la route
d'Allemagne dans trois heures, et dans quatre
jours en Allemagne. M'écoutes-tu? tu ne
m'écoutes pas! pourquoi cette indécision? Viens,
Caroline! Voilà pourquoi je suis ici; voilà pourquoi depuis huit jours je marche dans l'obscurité autour des murs de ce jardin pour t'em-
mener, Caroline; et je t'emmène. Qui te re-
tiendrait ici?

— Mais M. Clavier est malade.

— Écris à Maurice, au médecin de M. Cla-

vier que tu es partie, qu'ils viennent. Dieu fera
le reste.

— Mais celui qui m'a aimée comme son enfant...

— E le nôtre? Caroline!

Par notre enfant, par lui , puisque ce n'es
pas moi qui ai le droit de te déterminer, consens à me suivre! — Viens!

Ce reproche et cette prière brisèrent l'irré-
solution de Caroline.

— Tu le veux! Édouard, attends!

Caroline s'échappe; elle monte sans bruit l'escalier, entre dans sa chambre attenante à celle de
M. Clavier; elle ouvre un coffre , y jette pêle-
mêle quelques poignées de linge, puis pensive,
indécise, elle appuie son front en sueur,
ses genoux tremblans contre la cloison , pour
voir à travers si M. Clavier est endormi.

Le vieillard était dans l'attitude où elle l'a-
vait laissé; seulement la veilleuse, qui chauffait
la tisane du malade lorsque Caroline était descendue, éclairait maintenant les longs plis

blancs de la couverture et quelques parties de l'appartement.

Caroline ne respire pas, pour mieux entendre si le malade soupire ou se plaint. Aucun bruit ne sort de l'alcove.

Elle demeura long-temps dans cette position; elle finit par s'imaginer que M. Clavier s'était évanoui. Cette pensée lui perça le cœur ; brûlant d'impatience de la vérifier, elle courut à la chambre du malade. La porte en était fermée. Il lui aurait fallu cogner.

La porte avait donc été fermée. Mais par qui? par M. Clavier? il se serait donc levé? par Caroline peut-être en attirant trop fort la porte vers elle? les souvenirs de celle-ci ne lui fournissaient aucune induction précise.

— Qu'il sera amer son désespoir quand il s'éveillera, se dit Caroline après avoir repris son attitude contre la cloison, et qu'il ne me retrouvera plus là pour rallumer son feu ni sa lampe. Il aura froid dans l'obscurité ; et il m'appellera peut-être tout bas, et sa douleur de ne pas m'entendre lui répondre remplira de cris son appartement. Je ne me sens plus,

II.   10

mon Dieu, la force de partir; car enfin c'est
moi, moi qui l'ai mis dans l'état où il est là.
Je l'ai frappé de ma colère. Maintenant je l'a-
bandonne; je l'ai insulté et ensuite je le laisse.
Oh! combien il se reprochera à ma honte les
sacrifices qu'il a faits pour moi. S'il ne
m'eût pas aimée, m'aurait-il élevée avec ce
soin paternel? Pourquoi n'est-il pas mon père?
je ne le quitterais pas.

Aucun mouvement ne permettait de supposer que le malade entendît les gémissemens de
Caroline dont les paroles étaient quelquefois
assez hautes pour traverser l'épaisseur de la
cloison.

Appelée du bas de l'escalier par Édouard,
Caroline tomba vite à genoux et pria pour celui
qu'en partant elle confiait à la protection de
Dieu, dans le moment le plus terrible pour elle.
Ses mains frémissantes étaient jointes, sa tête en
prières pendait sur ses mains. De plus en plus
impatient, Édouard, ne sachant plus à quoi
attribuer la cause qui retenait si long-temps
Caroline, monta, la prit doucement par le bras
et l'entraîna avec lui jusqu'à la porte du jardin.

—Tu n'emportes donc aucun effet de voyage avec toi ? s'informa machinalement Édouard.

Caroline s'aperçut alors qu'elle avait oublié de prendre le petit coffre où elle avait serré quelques robes.

Elle remonte précipitamment.

Elle souleve le coffre pour l'emporter, elle le trouve très-lourd. Sa main y plonge ; il est plein d'or. Qui a mis cet or ? elle se frappe le front !

—Mon Dieu! mon Dieu! mon Dieu! M. Clavier s'est levé, il est entré ici pendant que je suis descendue ! Il m'a donc entendue ; il s'est levé!

Elle regarde avec terreur s'il n'est pas derrière elle.

— Caroline!

— Est-ce lui qui m'appelle ? est-ce Édouard?

— Caroline! Caroline!

La pauvre fille court à la chambre de M. Clavier, dont la porte n'est plus fermée.

On l'appelle de nouveau.

C'est la voix d'Édouard.

Mais elle est dans la chambre de M. Clavier.

Courir vers l'alcove, tirer les rideaux, découvrir la lampe, prendre la main de M. Clavier, l'interroger, ce n'est qu'un mouvement, qu'un pas, qu'un cri.

Ce cri fait monter Edouard.

— Viens donc, viens donc, Caroline !

— Je reste, répond Caroline en rejetant le drap sur le visage de M. Clavier.

Le régicide était mort

VI.

Sous le prétexte fort plausible d'aller prendre des bains de Barèges à Paris, cette ordon-
nance de santé étant à peu près inexécutable
dans les petites localités, Léonide avait quitté
Chantilly depuis environ quinze jours. Le motif de son absence dans la saison où l'on entrait
était trop naturel pour qu'il fût commenté au
profit de la malice cantonale.

Maurice aurait retrouvé le repos dans cette trêve domestique, si le retour du repos avait été facile après les violences qui l'avaient écarté au delà de toute portée. Le repos, c'est la santé des idées; il n'est pas toujours temps de le faire renaître quand les excès l'ont ruiné. Maurice n'osait jeter la sonde au fond de toutes les plaies dont il gémissait. La disparition des papiers du colonel Debray, l'emploi si téméraire que Reynier avait fait des fonds déposés chez lui par Édouard, étaient deux cuisantes pensées qui le rongeaient au vif. Pour les prostituer à un amant, sa femme lui avait volé des papiers sacrés, et, quand il les avait réclamés de la trahison, l'adultère s'était levé avec audace et avait répondu: éclaircissemens foudroyans dont il était encore ébranlé.

Ses affaires avaient pris une tournure sinon mauvaise, du moins extrêmement sérieuse, lancé qu'il était dans le champ illimité des spéculations. Il en était arrivé à ce point d'obscurité commun à tous ceux qui, comme lui, renoncent en affaires au chemin tracé de la rou-

tine pour opérer sur les élémens des probabilités. La terre a disparu pour ces navigateurs
hardis ; ils n'ont en perspective que le naufrage
ou la conquête : les terres connues leur sont in-
terdites. L'activité incessante de leurs spéculations dévore l'ordre qui avertit les sages du moment où il convient de s'arrêter. Maurice avait
graduellement remplacé les belles qualités de
prévoyance dont il était doué, par l'esprit d'ambition, et, ce qu'il y avait de triste, par un esprit
qui n'était pas le sien. Rarement avait-il encore
des instans d'illusion à donner à l'espérance de
reprendre un jour le passé au rivage paisible où il
l'avait attaché. Mais le bonheur de ses premières
années lui aurait-il suffi ? l'imagination se ride
comme le front ; et c'est le premier crime des
vanités de détruire d'abord les joies qu'elles ne
suppléent point. Le notaire de Chantilly commençait à comprendre un peu mieux l'avantage d'avoir un centre d'opérations plus vaste
qu'une étude de village. Malgré la simplicité
de son cœur, il convenait avec lui-même, et
d'après les leçons de Reynier, qu'une fois le
parti pris d'entrer dans les affaires, incon-

séquent est celui qui les traite avec timidité. En
guerre, il faut tuer; en affaires, s'enrichir : les
demi-moyens prouvent l'impuissance unie à
l'ambition. Maurice, en esprit rigoureusement
logique, acceptait la triste morale de sa position;
dans les caractères bien soutenus, c'est une
vérité, que le faux ne s'y introduit qu'à cer-
taines conditions d'ordre.

Il était enfoui sous les calculs de sa vaste
opération du chemin de fer, affaire devant laquelle disparaissaient toutes celles de ses cliens,
lorsqu'un clerc lui apporta une lettre timbrée
de Compiègne.

— Je vous ai prié cent fois, lui reprocha-t-il,
de ne pas me troubler à chaque instant pour des
riens qui détournent mes idées et absorbent mon
temps. Ne venez dans mon cabinet que lorsque
je vous sonnerai, entendez-vous?

— C'est un ordre que nous avons assez stric-
tement suivi depuis que vous l'avez enjoint ,
Monsieur, quoique vos cliens se soient plaints
de cette consigne qui les oblige souvent à faire
dix lieues sans parvenir à vous consulter.

L'observation du clerc surprit Maurice.

— Que dites-vous?

— Qu'un curé, dont j'ai oublié le nom, par exemple ; que le maréchal-ferrant du château, que les·petites ouvrières de Gonvieux, que Pierrefonds et beaucoup d'autres sont fort mécontens d'être venus chez vous ce matin, par un temps abominable, et d'être repartis sans avoir eu audience.

— Mais..... mais pourquoi les avoir renvoyés?

— Vos ordres sont là, Monsieur.

— Mais vous ne leur avez donc pas expliqué à ces gens, que si je ne les recevais pas, — faut-il donc tout dire? — c'était tantôt à cause d'un héritage à régler sur les lieux, tantôt à cause d'un conseil de famille à assister de ma présence : ce qui est vrai ; vous le voyez vous-même.

Nous avons si souvent usé de ces prétextes, que vos cliens n'y croient plus.

— Pourtant il n'y a rien d'inventé là dedans; vous devriez les en convaincre. Ces accusations de négligence finiraient par me nuire, si elles s'accréditaient dans l'arrondissement. A l'avenir ne renvoyez personne sans m'avoir prévenu.

Voilà, pensa le clerc en se retirant, deux ordres bien contradictoires. Le patron est diablement distrait.

La lettre de Compiègne était sous les yeux de Maurice qui, à l'écriture, avait reconnu la main de Jules Lefort, vieil ami négligé depuis le commencement de l'hiver.

— Jules est encore une victime de mes préoccupations ; je ne sais pas pour qui l'on existe lorsqu'on est dans les affaires.

Maurice décacheta lentement la lettre de Compiègne, l'étala en soupirant sur son bureau ; mais, au lieu de la lire, il s'abandonna malgré lui à d'autres pensées. Tout à coup, saisissant sa plume, il traça une colonne de chiffres, puis une autre colonne, et enfin il respira.

— Le sang m'a tourné en eau, je m'étais figuré une différence de quarante mille francs ! Ce n'était qu'une erreur de mon imagination.

Voyons la lettre de Jules.

« Mon vieil ami ,

« Que je loue ta prudence pour n'avoir pas

engagé ta femme, la bonne Léonide, à aller
au bal de Senlis, ce carnaval dernier. »

Qu'a-t-il donc? pensa Maurice encore distrait en commençant la lecture de la lettre, pour
revenir sur de pareilles futilités ; il a du temps
à perdre apparemment, ce cher Jules. Il pense
au carnaval ! Enfin !

Maurice continua à lire ;

« Que n'ai-je suivi ton exemple ! je n'aurais
pas à déplorer le malheur le plus grand de ma
vie ; malheur auquel tu t'intéresseras, j'en suis
sûr, toi, le seul ami dont les consolations ne sont
ni banales ni perdues. Tu me les dois toutes pour
me dédommager de ton absence, car tu me serais
ici d'un appui bien nécessaire au milieu d'une
foule de gens dont l'intérêt est tout en paroles,
disposés à vous entendre dès qu'il y a quelque scandale pour les payer de leur attention.

« J'arrive au triste sujet de ma lettre. A ce
bal de Senlis où Léonide a si sagement fait de
ne pas se montrer, ma femme, ma chérie Hortense, a été insultée par une autre femme, mais
insultée, Maurice, d'une manière odieuse ; et,
le croiras-tu jamais ? à propos de notre enfant,

notre fille, née — ceci n'a été un mystère que
pour ceux qui l'ont voulu — née avant mon
mariage avec Hortense.

« Tu sais, sans que j'aie besoin de te le rap-
peler, toi l'ange discret de la famille, que, pour
éviter une publicité toujours expliquée mécham-
ment en province, j'ai négligé de mentionner
dans mon contrat de mariage la naissance de cette
enfant , à l'opposé de ce qui se pratique d'ordinaire. Mieux que personne tu sais aussi que
ce défaut de formalités n'a pas été un prétexte
de ma part pour frustrer notre chère petite
fille dont j'ai assuré la fortune par une dona-
tion que tu tiens en ta possession.

« Infâme , instruite par le souffle empoi-
sonné de je ne sais qui, par la lâcheté de quelqu'un des nôtres , la femme du bal a osé accuser Hortense en pleine assemblée, devant deux
mille personnes, deux mille étrangers, d'avoir
caché la naissance honteuse d'une bâtarde. Si
le mot n'a pas été dit, un geste, je ne sais quoi,
l'a révélé. Alors une scène dont je frémirai
toute ma vie, Maurice, a éclaté publiquement.

Je le fais grace de la colère à laquelle je me suis livré. J'ai déchiré avec mes ongles le visage de l'homme qui accompagnait le démon attaché aux pas d'Hortense ; j'ai marché sur la poitrine nue de cette femme dont personne n'a pu m'apprendre le nom. Reposons-nous : j'étouffe.

« Depuis, et à force de renseignemens j'ai appris que le chevalier était un misérable réfractaire vendéen caché aux environs de Chantilly.....»

Maurice se leva comme s'il eût été mordu au talon par une vipère. Il frappa son poing à se le briser sur le bois du bureau et cria plusieurs fois : Exécrable Léonide ! Exécrable Léonide ! Oh ! exécrable ! exécrable !

Oui, c'est elle ! elle seule qui a outragé Hortense ! Lumière infernale ! Édouard l'accompagnait ! Et je n'assassinerai pas cet homme, moi ? misérable destinée ! je tenais là, j'avais, j'avais là l'arme sûre, infaillible pour le tuer, lui, sa race, son parti ; et cette arme m'est volée, brisée. Léonide lui a livré les papiers de Debray. Je comprends à merveille et j'excuse et je bénis

maintenant ceux qui tuent, ceux qui empoi-
sonnent, ceux qui jettent leurs femmes dans les
rivières et leur mettent ensuite une pierre sur
le ventre : ceux-là sont des hommes! Je ne
comprends même pas que l'État ne leur ait pas
accordé une récompense, à ceux-là.

« Un réfractaire vendéen caché aux environs
de Chantilly », relut Maurice en reprenant la lettre, et tremblant de tout son corps jusqu'à la
pointe des cheveux.

« ..... Le procureur du roi est aux enquêtes
dans ton arrondissement.

« Sois assez dévoué à ton ancien ami, perdu
d'honneur, si un rayon pur de justice ne
tombe pas sur cette affaire, pour l'aider à traîner l'insulteur, à défaut de sa compagne, aux
pieds des tribunaux. Ce n'est que là que je dé-
voilerai la cause si simple, si facile et si naturelle de ma conduite; déclaration que je ne
puis livrer à la publicité des journaux, ni porter au domicile de chacun. Aide-moi : voilà tout
ce que j'ai à te dire, à toi qui peux deviner combien une pareille lettre me coûte à écrire,
mais qui ne sais pas ce qu'elle coûte à terminer;

son dernier mot est accablant. Hortense est
devenue folle ; sa raison n'a pas été assez forte
pour écraser la calomnie comme j'ai écrasé la
calomniatrice. Il y a plus ; sa folie est de croire
que sa fille est une véritable bâtarde, éternelle
honte qu'elle aurait glissée à mon insu dans
notre ménage. Je pleure, Maurice, à tout ce
que j'écris; j'ignore même si ce que je t'écris a
quelque suite, et la clarté nécessaire pour te
faire sentir la nature du service que j'attends
de toi. Ma femme folle, mon commerce suspendu, ma famille l'objet de la pitié ou de la
raillerie publique, mon nom courant les tribunaux, tout cela sur la révélation d'un mensonge, sur un mot sorti d'une seule bouche ! Sur
quoi repose le bonheur, Maurice ! Veille
au tien, retiens-le comme un souffle près de
s'échapper ; lie-toi à ta femme, lie-la à son ménage ; n'aie aucun secret dans ta vie, on le révèlerait. Le secret le plus innocent qu'on cache,
vois-tu, est plus dangereux en résultats souvent,
que la faute la plus grave ostensiblement commise. Réponds-moi. Si tu étais seul, libre, je
te dirais : Viens! tu viendrais ; mais tu ne

l'es pas — Sers-moi, venge-moi — je serai
vengé !

« JULES LEFORT. »

Maurice déchira du papier et y écrivit :

« Mon cher Jules.

« La femme qui a insulté la tienne, c'est la
mienne, Léonide; l'homme qui était avec elle
au bal, c'est M. Édouard de Calvaincourt,
amant de ma femme. Envoie cette note au procureur du roi.

« Tu es vengé.

« MAURICE. »

La porte du cabinet fut poussée avec un
grand éclat de rire : c'était Victor.

Il s'assit, se serrant les côtes pour ne pas
étouffer dans l'explosion du rire; il penchait la
tête, éternuait, laissait tomber son chapeau
qu'il ne ramassait pas; il était ivre de gaîté.

Maurice le regardait d'un air hébété, rou-
lant entre les doigts sa réponse à Jules Lefort;
attendant la fin de cet orage de bouffonnerie
qui arrivait si fort à propos.

—Tu ne m'interroges pas, Maurice?

— Non!

— Diable! comme tu es sérieux. Quel non!
Alors laisse-moi rire pour toi, pour moi, pour
tout l'univers.

— Ris tout ton saoul.

— Puisque tu me le permets. —Et de nouveau
Victor rit, éternua et si fort, qu'il se gaudit, faillit
briser un dos de fauteuil en se renversant pour
mieux rire.

Pour la première fois, Maurice éprouva du
dégoût à être dans la société de Victor. En présence du frère, il froissait le nom de la sœur
avant de l'envoyer aux assises. Il eut une espèce de répugnance à subir cette familiarité que,
certes, il n'encourageait pas dans ce moment.

Il était toujours debout devant Victor.

— Sais-tu de quoi je ris? de notre affaire,
Maurice.

— Je la croyais plus sérieuse.

— Qui dit le contraire? écoute, et tu riras
comme moi.

Arrivé à Paris —écoute-moi donc — je suis
allé au ministère où notre protecteur m'a reçu

I.   II

dans son cabinet avec beaucoup de précaution.
Là, il m'a dit : — L'affaire n'est plus en bon
chemin. Dans dix jours, les travaux pourraient
commencer, sans doute; mais je dois vous
avertir qu'un concurrent se présente, un concurrent puissant, riche, appuyé du ministre,
favorisé de la cour même.

— Que pourrait-il contre nous, ai-je répli-
qué aussitôt ? toutes les maisons qui sont sur
la ligne par où le chemin de fer passera nous
appartiennent.

—Il pourrait, m'a répondu notre protecteur,
obtenir l'exploitation du chemin de fer malgré
vos maisons, qu'il achèterait.

— Mais nous en exigerions des prix fous.

— Pour cause d'utilité publique on n'aurait
aucun égard à vos prétentions outrées; on esti-
merait les immeubles, on vous les paierait, et
l'on vous laisserait crier.

— Mais ne nous avez-vous pas promis, assuré, garanti que nous serions les seuls adjudi-
cataires ? — J'étais un peu en colère.

—Oui, tout autant que la cour ne s'en mêle-
rait pas. Luttez avec elle !

J'étais mort. Et, en vérité, je ne riais pas alors comme tout-à-l'heure.

— Rien n'est perdu, a repris l'impassible protecteur.

Juge si j'écoutais.

— Centuplez, m'a-t-il dit, la valeur de vos maisons afin de décourager celui qui serait tenté de vous souffler l'exploitation ; qu'il soit épouvanté de l'argent qu'il aurait à verser pour devenir en sous-œuvre l'adjudicataire préféré.

— Comment ! centupler la valeur des maisons ?

— Les deux tiers de vos loyers sont vacans, n'est-ce pas ? Vous avez congédié beaucoup de locataires ; hé bien, sans perdre de temps, en sortant d'ici, établissez toutes sortes d'industries, des milliers d'industries dans ces appartemens vides. Si votre concurrent veut déplacer ces industries, il faudra qu'il les indemnise ; ayez des baux supposés pour dix ans. Quelle fortune ne reculerait devant de pareils sacrifices d'indemnité ? Votre concurrent reculera ; et l'affaire vous reste. Mais de l'esprit, de la ruse, de la vitesse ! courez !

11.

J'ai couru.

Le lendemain, tous les appartemens vides de nos maisons de La Chapelle s'étaient remplis de fabricans; et, sur les portes, aux croisées, à toutes les lucarnes, pendaient des enseignes, grandes, petites, noires, blanches, dorées. Ici : **Fabrique de noir animal**; Ici : **Atelier de fonderie**; là : **Manufacture de papiers peints**; **Manufacture de tapis**; **Dépôt de porcelaine**; **Raffinerie de sucre**; **Raffinerie de soufre**; **Ateliers d'ébénisterie, de bijouterie, de serrurerie.**

L'arrondissement croyait voir un prodige. Dieu sait les fabricans que j'ai logés là! malheur à qui emploiera jamais leur industrie!

Trois jours après j'ai revu notre protecteur. — Venez, m'a-t-il dit, venez! la ruse est divine. Voyez, lisez! c'était le désistement de notre concurrent tracé tout au long; il avouait avec naïveté que, dans ses calculs d'acquisition, il n'avait pas prévu qu'une mauvaise rue de faubourgs contînt tant de manufacturiers, des fabricans, de riches industriels; il se retirait de-

vant les énormes débours qu'il lui faudrait faire
pour les désintéresser.

J'ai sauté au cou de notre protecteur, le meilleur homme du monde; un homme de génie,
Maurice!

Dans dix jours, je rendrai mes fabricans et
mes manufacturiers à la société; ils sont nés
pour en être l'ornement. Je souhaite de ne jamais
les rencontrer au fond d'un bois.

Maurice ne trouva pas le moindre mot pour
rire à l'histoire de son beau-frère; il s'en voulut
au fond du cœur de s'être livré à l'étourderie de plus en plus flagrante d'un homme
qui ne considérait que comme une émotion à
traverser les plus saisissantes crises de la vie;
espèce de héros en affaires, faisant jouer à l'i-
magination le rôle de la probité. Aussi eut-il
besoin de tout son sang-froid pour se montrer
reconnaissant de l'expédient de Victor qui
avait réellement sauvé l'opération du chemin
de fer. Mais qu'est-ce qu'une vie, pensait Maurice, qui a besoin chaque jour, chaque instant,
d'être sauvée? Est-ce exister que de flotter sans
cesse entre le naufrage et le salut? N'existerait-

on pas tout aussi content sans l'être au prix de
la conquête? Oui! mais ce n'est pas à moi qu'il
appartient de profiter de cette expérience de
la vie. Je l'ai vendue, ma vie, à cet homme qu'il
ne m'est plus permis de quitter, sous peine
de rompre les fils embrouillés de ma fortune,
roulés autour de son poing. Il me mène et je le
suis. Et moi qui n'ai pas compris, en l'associant à
mon sort, qu'il n'avait rien à perdre; qu'il n'avait
ni famille dont la réputation lui fût chère, ni éta-
blissement, ni avenir! moi qui vois maintenant
que je n'ai épousé la sœur qu'à la condition de
vivre sous le régime d'une communauté fatale
avec le frère. Je me suis engagé hautement à
être le protecteur de celle-là, et tacitement à
être l'esclave de celui-ci.

Ceci sonnait comme le tocsin à coups aigus et
précipités dans sa tête, tandis qu'il cachetait
sa réponse à Jules Lefort. Parfois il s'arrêtait
pour serrer sous la table son poing jusqu'au
sang, tout en ayant l'air d'écouter les paroles
de son beau-frère avec beaucoup d'attention;
parfois il fixait sa vue sur le visage de Victor
se plaisant à remarquer combien ce visage avait

de ressemblance avec celui de sa femme;
même ardeur de teint, même finesse de trait,
même regard noir et assuré. Il était étonné que
cette similitude s'étendît à deux ames aussi ténébreuses l'une que l'autre.

Fatigué de l'inspection par trop énigmatique
de Maurice et étant d'ailleurs de ceux qui n'ai-
ment pas les observations prolongées, quand ils
en fournissent le sujet, Victor se leva, se promena dans le cabinet, toujours dans l'attente
que son beau-frère daignerait le remercier enfin
de ce qu'il avait fait pour lui.

Maurice sonna.

— Affranchissez sur-le-champ cette lettre
pour Compiègne, commanda-t-il à un clerc.
Que tenez-vous là?

— C'est une lettre dont on attend la réponse.

Le clerc sortit.

— Je connais cette écriture.

Victor Reynier s'approcha.

Maurice retourna aussitôt la lettre pour que
son beau-frère n'en vît pas la suscription.

Celui-ci s'éloigna.

— De la défiance ! murmura-t-il.

Quelle curiosité ! pensa Maurice.

D'Édouard ! une lettre d'Édouard ! Maurice se mit dans un coin pour que Victor ne fût pas témoin de son trouble.

Livide, les traits bouleversés, Maurice, après avoir lu la lettre d'Édouard, courut vers son beau-frère auquel il demanda, d'un ton effrayant, s'il espérait véritablement que dans dix jours la concession du chemin de fer leur serait acquise. Son attitude semblait ajouter : Sinon c'en est fait de ma vie.

— Je n'en doute pas, Maurice.

— Oh ! ne joue pas, je t'en supplie, avec ma confiance que je t'ai livrée tout entière. Plus de mensonges, plus d'illusion ! plus rien ! la vérité ! j'en suis arrivé à ce point, Victor, songes-y, de n'avoir plus d'espérance qu'en cette affaire où j'ai jeté mon bien et celui de tant d'autres que j'entraîne avec moi dans l'abîme si nous ne réussissons pas. Réussirons-nous, oui ou non ?

— Oui, mille fois oui !

Maurice faisait pitié.

— Excellent Victor, je ne te blâme point de m'avoir inspiré l'orgueil des richesses, tu as cru que j'étais comme tout le monde, et ma faute est de ne t'avoir pas détrompé à propos, mais à l'avenir, et si nous sortons vivans de ce gouffre, ne m'associe plus à des entreprises où tu règnes toi, parce que tu es né pour elles, mais étouffantes, mais mortelles pour moi.

— Calme-toi, Maurice; cette lettre t'a exaspéré; si je savais ce qu'elle contient, j'aurais peut-être quelque sage avis à te donner et que l'emportement ne t'inspire pas dans ce moment, si.....

Se frappant le front, Maurice s'écrie :

— Si j'étais encore à temps de retirer ma lettre pour Compiègne!

Il court à la poste.

Le paquet des lettres de Chantilly pour Compiègne était déjà parti.

Il rentre chez lui, mort.

Victor était descendu au jardin.

— Que répondre à Édouard ? ai-je bien lu? oui, j'ai bien lu.

« Je suis caché dans la forêt ; pour sortir de la France, gagner la frontière, vivre à l'étranger pendant quelques années, j'ai besoin de cinquante mille francs. Prélève cette somme sur le dépôt de cent mille écus qui est chez toi, et remets-la au porteur chargé de t'attendre au carrefour des *Lions*. C'est un homme sûr ; tu le menacerais de la mort qu'il ne révèlerait pas à toi-même l'endroit de la forêt où je suis. »

Voilà donc la vie !

Je viens de dénoncer un homme à l'échafaud ; cet homme était mon ami. Cet ami m'a volé mon honneur, et moi, je lui vole son argent.

Quel est donc le coupable ?

Que Dieu le dise !

Dieu !

Maurice regarda le ciel avec ironie.

En retombant, ses yeux aperçurent, à travers les arbres, un homme, l'envoyé d'Édouard, qui se promenait lentement, les bras en croix, au carrefour des *Lions*.

Une poignée de cheveux dut blanchir sur la tête de Maurice.

— Cet homme est le remords, s'écria-t-il. Il y a un Dieu !

Cet homme se promena ainsi jusqu'au coucher du soleil , puis il disparut.

VII.

Sur l'un des côtés de la pelouse de Chantilly, s'encadre dans le gazon, au sommet d'une butte, une pièce d'eau d'assez belle étendue, au bord de laquelle, quand la chaleur du jour est tombée, les habitans se rendent par petits groupes, pour respirer, paresseusement assis sur des bancs de pierre, la fraîcheur et le calme. On réserve la lecture du journal pour cette heure de délicieuse distraction, la principale, à

la vérité dans un bourg qui n'a, l'été — ce
qu'il considère comme un malheur, et nous
comme un avantage — aucune salle de spectacle ouverte à ses loisirs. La *pièce d'eau* — c'est
le nom de ce rendez-vous habituel — se garnit
de quart d'heure en quart d'heure de la population bourgeoise et rentière de l'endroit ;
c'est presque toute la population. On la
voit poindre par bouquets de familles sur
le lac de verdure de la pelouse. Comme ce
rendez-vous patriarcal a lieu à l'heure de
la journée où les affaires sont terminées —
si toutefois il y a des affaires à Chantilly —
et comme, en outre, la pièce d'eau est le seul
endroit où l'on se rencontre durant la belle saison, les habitans y apportent le luxe de leurs
toilettes qui n'auraient sans cela aucune occasion de se produire. La *pièce d'eau*, toutes proportions gardées, représente les Tuileries pour
Chantilly. Nous préférons même, au bassin clas-
sique de Le Nôtre, la pièce d'eau de Chantilly,
quand de beaux enfans nourris de bon lait, de
jolies petites filles vêtues à la manière anglaise,
d'élégans chiens de chasse, tachetés sur le dos,

qui n'ont jamais chassé, mais qui sont un prétexte pour que leurs maîtres aient un sifflet d'argent à la boutonnière, un fouet, des guêtres de
cuir et un chapeau de jonc, viennent, chiens tachetés, enfans joufflus, petites filles, se rouler sur
le gazon, au pied des grands parens, plongés dans
la lecture du *Constitutionnel* ou du *National*. Une
rosée odorante de fleurs d'acacias ou de tilleuls,
pour être plus exact, tournoie et saupoudre la
feuille des intérêts politiques et littéraires. Ceux
qui ne lisent pas se dilatent en conversations
dont la localité n'est pas le moindre thème;
ce ne sont pas—l'usage le veut—les présens qui
sont sacrifiés à ce besoin mutuel de se communiquer ce qu'on a recueilli dans les vingt-
quatre heures, ou, à défaut, ce que l'on a imaginé
quand la révolution du soleil autour de Chantilly n'a rien amené de nouveau. Là où le jour-
nalisme n'éponge pas les petits faits, les grands
mensonges, les événemens de la rue, la chro-
nique de la maison, les indiscrétions de l'alcove,
chacun est une ligne vivante du journal que
l'arrondissement n'a pas encore. A ce journal
il ne manque ni la politique ni la littérature,

uoique celle-ci y soit un peu faiblement re-
résentée; il n'y manque que le timbre, le gou-
ernement n'ayant pas encore imaginé d'en
oprimer un en noir sur la langue des femmes
e province.

Ainsi, exacts au rendez-vous de la *pièce d'eau*,
chaque retour du printemps, les habitans de
hantilly ne peuvent se permettre une absence,
ns qu'elle soit aussitôt remarquée. A la vérité,
s absences ne sont pas communes autour du bas-
n: la maladie ou la mort sont à peu près les seules
uses des vides qui se font dans les rangs de
s familles, heureuses de se grouper autour
'une coutume qui les fait presque du même
ng.

Un des derniers jours du mois de mai, qui
t en mil huit cent trente-deux d'une tempéra-
ure ravissante, la bordure de la pièce d'eau
tait semée d'indolens oisifs, enivrés de sentir
enaître la belle saison.

Là on disait que les arbres étaient en pleine
loraison, que nous aurions, si la douceur de
atmosphère se maintenait, des raisins mûrs
u mois de juin; ce qu'on prophétise toutes les

années au mois de juin, et ce qui ne se vérifie jamais qu'au mois de septembre.

Sur les glacis on pesait les résistances que rencontrerait l'occupation d'Ancône de la part de l'Autriche et du gouvernement papal.

Debout, au pied d'un des arbres qui forment la garniture de la pièce d'eau, trois profonds politiques se creusaient l'esprit pour deviner où était passée la duchesse de Berri depuis la capture du *Charles-Albert* et l'échauffourée de Marseille.

Ceux qui ne se permettent jamais de risquer une opinion avant le mot d'ordre de leur journal, avaient l'avantage ce jour-là, sur les autres, d'apprendre, par la feuille qu'ils parcouraient, que la duchesse de Berri avait paru en Vendée, munie du titre de régente, arraché à l'apathie d'Holy-Rood, et que sa présence et celle du maréchal Bourmont avaient fortifié le cœur de la chouannerie.

De moins lancés dans leurs propos blâmaient les tracasseries dont la police accablait les réfugiés polonais, très-aimés des habitans de Chantilly où ils ont tenu garnison sous l'em-

pire. Le Csapski y a laissé d'ineffaçables souvenirs; peut-être les demoiselles d'alors, dames
aujourd'hui, ont des motifs plus réels de regrets que le Csapski.

Quelques anciens militaires, qui ont eu les
pieds gelés à la retraite de Moscou et non la
langue, s'applaudissaient de lire dans le
Courrier Français qu'à la suite des troubles survenus au sujet du bill de réforme
à Liverpool, à Manchester et à Birmingham,
la statue de lord Wellington avait été couverte
de boue dans Hyde-Park.

Les indifférens à la politique étrangère par-
laient avec tristesse de la mort de Cuvier et
de Casimir Périer : deux grandes victimes du
choléra.

Une fois nommé, le terrible fléau avait la
plus large part dans les conversations erran-
tes. On se répétait qu'il mourait encore à Paris cinquante personnes par jour, bien que le
bulletin des décès ne fît plus sourciller personne, depuis qu'il paraissait démontré que le
bourg de Chantilly était inaccessible à la maladie asiatique, répandue sur presque tous les

I.   12

points des alentours. A en croire les enthousias-
tes indigènes, Chantilly, selon les uns, était
à l'abri du choléra, parce qu'il est entouré
d'eau; à en croire les autres, parce que son
terrain est sablonneux. Le bienfait répulsif
était également attribué à l'humidité et à la sécheresse.

Plus loin, on s'entretenait chaudement déjà,
sur les instructions d'un journal bien informé,
des luttes politiques des habitans de la Vendée
avec les dernières troupes envoyées pour les soumettre et pour leur enlever leur chef dont le nom,
le rang et le sexe n'étaient plus un mystère pour
le château. L'État déployait maintenant, s'étant
ravisé un peu tard, des forces militaires dont
l'importance et l'exaspération compromettaient,
dans l'intention de l'assurer mieux, le repos
de la France qui s'effrayait de cette guerre sans
victoire. Cependant aucun parti n'eût osé nier
que les communications de ville à ville dans la
Vendée ne fussent interrompues à cause des
soulèvemens de bourgs entiers; que, par suite
de ces interruptions, les campagnes et les villes
ne souffrissent également dans leurs relations;

et que la France entière ne fût attentive au
résultat des moyens coërcitifs employés enfin
pour étouffer cette irritation dont rien jusqu'ici n'avait radicalement éteint le brûlant
principe, prêt à s'étendre, à mêler sa flamme à
la première flamme d'autres insurrections cachées.

Mais, graves ou légères,, domestiques, ou
sociales, ces causeries suspendent leur cours,
dès qu'une belle carpe bondit à fleur d'eau et
fait jaillir en arc-en-ciel son écume sur le
gazon, diversion innocente et toujours nouvelle pour les habitués du bassin.

Jeunes et vieux s'entretenaient ensuite d'un
air attristé de la mort de M. Clavier que Maurice avait su rendre leur ami, en effaçant, par
de fréquentes réunions d'anciens préjugés contre
le digne vieillard. On ne se souvenait plus maintenant que de la simplicité de ses habitudes aus-
tères, mais tempérées par des actions de générosité, répandues sans distinction d'opinion
et surtout sans bruit. A son convoi, les
pauvres des villages les plus éloignés étaient
accourus en foule. Maurice s'était porté l'in-

terprète de leurs regrets dans un discours où
les larmes avaient tenu lieu d'éloquence. On
avait peu de particularités à rattacher aux dernières heures de M. Clavier; on attribuait sa
mort, plus prompte qu'on ne l'aurait cru, aux
fatigues, aux déceptions de sa carrière politique.
La réclusion, à laquelle il s'était condamné quelque temps avant sa fin, était mise, faute d'éclaircissemens plus précis, sur le compte de sa misan-
thropie, dont les accès lui étaient revenus, pré-
tendait-on, avec les premières atteintes de sa
maladie. Ainsi s'expliquaient jusqu'ici sans
scandale la désolation du jardin et la retraite impénétrable de mademoiselle de Meilhan, qu'on
louait tout haut de son dévoûment pour avoir
vécu enfermée avec son protecteur.

Naturellement les propos passaient de ce dernier sujet à l'intérieur de Maurice qu'on ne
voyait plus se promener avec sa femme dans
les allées de la forêt, malgré le retour du printemps. On ne pardonnait pas à Léonide d'être
allée à Paris au moment où on le quitte d'ordinaire pour jouir des matinées de la campagne.
On acceptait de mauvaise grace le prétexte de sa

santé ; elle qui n'était jamais plus fraîche que le lendemain d'un bal.

— Peut-être s'ennuie-t-elle ici, avançaient l'autres dames, car la conversation leur était échue depuis que les hommes avaient repris la lecture des journaux.

— C'est très-possible, répondait-on. Si son mari est aussi riche qu'on le suppose, elle fait bien de résider le moins possible à Chantilly. On n'y reste que pour économiser.

— Vous ne vous plairiez donc plus ici, une fois que vous seriez mariée, interrompit un jeune homme en s'adressant à la demoiselle qui avait émis cette opinion sur Léonide.

En rougissant, la jeune personne avoua que les goûts dépendaient des caractères. Elle eût mieux aimé n'avoir rien dit.

La conversation ne tomba pas dans le bassin.

— C'est que le caractère de madame Maurice, reprit la maman de la préopinante, diffère en effet de celui de beaucoup de femmes. Il est aisé de s'apercevoir qu'elle est passionnée, ardente de caractère. Après tout si nous sommes fort aimables, Mesdames, à Chantilly,

nous n'avons ni Opéra, ni concerts, ni grandes
réunions, ni plaisirs bien bruyans enfin. Nos
cavaliers sont sans doute fort distingués, mais
peu jouent un rôle dans le monde, dans le
beau monde ; ils ne sont pas toujours habillés
au dernier goût, et leur esprit serait trouvé
trop naturel dans les salons de Paris. Nous
nous contentons ici de leur amabilité; à
Paris on leur demanderait de la fortune, des
titres.

Toutes les demoiselles avaient déjà fait
galerie autour de la maman qui relevait ainsi
la maladresse de sa fille.

— Cependant, poursuivit-elle en se laissant
aspirer les paroles par les petits serpens dont
elle était cernée, cependant je ne prétends pas
que tout ce que je dis soit inspiré par le souvenir de madame Maurice; je parle en général.
Mais comme elle est femme tout comme une autre, l'à propos n'est pas extravagant. Il y a des
raisons pour croire à ses faiblesses pour les dis-
tractions de Paris, comme il y en a pour douter; il y a des raisons pour tout. Vous comprenez parfaitement que son mari n'a pas le temps

de la conduire dans le monde où il ne va pas
d'abord, où il s'ennuierait ensuite.

— Et qui l'y conduit alors? s'informa une
petite voix curieuse.

— Ah! vous m'en demandez là plus que je
n'en sais, et plus qu'il ne nous est permis d'en
savoir, répondit encore la maman avec un son
de voix réservé et un air de visage qui ne l'é-
tait pas du tout. Vous m'en demandez plus que
je n'en sais, Mesdemoiselles.

— Je ne vois que son frère, M. Victor Reynier, reprit une troisième interlocutrice, qui
puisse l'accompagner dans le monde ; et ce doit
être lui.

— C'est si peu lui qui l'accompagne, objec-
tèrent quatre voix, que, depuis le départ de sa
sœur, il n'a pas manqué de se promener chaque
soir sur la pelouse en sortant de la maison de
mademoiselle de Meilhan.

La bienheureuse maman feignit d'être fort
embarrassée de la difficulté.

D'un ton profondément convaincu, elle con-
clut ainsi : — Alors c'est cela ou ce n'est pas
cela.

— Cependant, le frère de madame Maurice
ne reste jamais à Paris que pour ses affaires,
et il en revient aussitôt qu'elles sont terminées.
Si, comme vous l'assurez, tout le monde a aperçu
M. Victor sortant seul de la maison de feu
M. Clavier, ou, pour mieux dire, de la maison de
mademoiselle de Meilhan, pauvre jeune personne maintenant fort à plaindre, sans perspective de mariage, quoique en possession de la
grande, de l'immense fortune dont elle a hérité.....

Après une pause affectée et un trouble de
commande tout à coup survenu dans ses idées,
l'orateur se demanda : — Mais où en étions-
nous ? — Nous en étions, je crois, sur madame
Maurice, n'est-ce pas ?

— Non, Madame, répondirent toutes à la
fois les assistantes qui avaient été rarement
plus recueillies; non, Madame, vous parliez de
M. Victor et de mademoiselle Caroline qui,
ayant hérité de tous les biens de M. Clavier,
ne serait pas embarrassée de choisir un parti de
son goût.

— Ai-je dit cela ?

— Bien sûr, Madame. D'ailleurs nous pensons toutes comme vous.

— Est-il bien vrai, continua l'excellente maman, qu'elle ait hérité ?

— Cela est positif, Madame.

— Elle doit avoir hérité d'un million et demi ou d'un demi-million, ajouta une autre sans sourciller. Voilà une belle dot !

Une vingtaine de soupirs s'exhalèrent sous les tilleuls.

— N'exagérons rien, Mesdemoiselles, s'il vous plaît. Qui de vous sait au juste si M. Clavier n'avait aucun parent ?

— S'il en avait, trancha brusquement une jeune personne en bonnet rose qui ne voulait pas renoncer au million et demi, ou au demi-million, ils seraient déjà à Chantilly, depuis quinze jours qu'est mort M. Clavier. Si les morts vont vite, les héritiers vont plus vite encore.

— On ne revient pas d'Amérique en quinze jours, Mademoiselle. Il y a encore des neveux en Amérique, si l'on n'y trouve plus d'oncles.

— Mais, Madame, quand cela serait ! Il s'a-
girait de savoir s'ils sont plus proches parens
de M. Clavier que mademoiselle de Meilhan.

— Mademoiselle Caroline n'était pas du tout
parente de M. Clavier, fut-il aussitôt répli-
qué au bonnet rose par un bonnet bleu.

— Ah ! par exemple, reprit le bonnet rose
qui avait été interrompu. — Charmante figure
de seize ans, s'appuyant sur son bras posé sur
le gazon.—Elle aurait supporté pendant si long-
temps la mauvaise humeur de cet homme, triste,
malade, accablé de vieillesse, pour rien, pour
n'être pas son héritière !

— Si elle l'aimait comme son propre père,
Mademoiselle, cette charge lui aura été légère.

— Légère ! légère ! Je vous la laisse, à vous.

—Et je la supporterais avec contentement,
Mademoiselle, si elle me tombait en partage.

— On voit bien que vous êtes riche. La supposition ne vous engage à rien.

— Et vous, Mademoiselle, qui désirez
peut-être le devenir, vous choisissez vos
moyens.

Décidément la discussion entre le bonnet

ose et le bonnet bleu tournait à l'orage : deux
visages avaient rougi; deux poitrines se gon-
laient; au moindre mot, l'eau aurait coulé.

— Hé bien, fit un survenant en posant sa
canne de jonc à pomme d'or au milieu du cercle
agité, comme le Neptune de Virgile lorsqu'il
impose silence aux flots; hé bien, que se passe-
-il donc? je vois des yeux rouges qui demain se-
ont irrités, et plus irrités en outre du serein dont
'ai dit cent fois de se garantir, dans le mois où
nous sommes : le mois des fraîcheurs!

— Bonjour ! M. Durand ; bonjour! comment vous portez-vous ?

— On n'adresse jamais ces sortes de questions
à un médecin. Bien! — très-bien! — mes enfans! — mieux que vous; — qui, malgré mes
conseils dont on semble faire cas, venez tous
les jours vous asseoir ici, aspirer par tous les
pores des maux d'yeux, des crampes, des sciatiques, des rhumatismes, des fluxions...

— Oh! mon Dieu, M. Durand, vous nous
épouvantez. Le mois de mai est si beau!

— Il n'y a pas de beau mois de mai. Ce rossignol, ces brins d'herbe, ces tilleuls, cette eau

courante, sont choses fort poétiques; mais abu-
sez des rossignols, et je vous appliquerai au
cou les sangsues.

Et, en riant et en se laissant glisser le long
de sa canne de jonc comme un ours qui a fini de
jouer et qui devient bon, le docteur Durand
s'assit sur l'herbe fraîche au bord du bassin fécond en sciatiques, entre toutes ses gracieuses
clientes et immédiatement au dessous de la cau-
seuse maman qui avait tenu le dé de la conversation jusqu'à son arrivée.

— Docteur! dit-elle.

— Madame.

— Dictez-nous sur-le-champ une ordon-
nance pour nous guérir d'un mal dont nous
souffrons toutes, jeunes et vieilles, en ce moment.

— Quel est ce mal? le silence?

— Docteur, à peu près. Vous êtes un excellent physionomiste. Nous mourons de curiosité.

— Je n'ai qu'un seul remède; mais la Faculté me l'interdit : c'est l'indiscrétion, Mesdames.

— Docteur, soyez gentil.

— Vous avez déjà peur du mémoire. Voyons.

— Mademoiselle de Meilhan est-elle héritière de M. Clavier ? En est-elle l'"héritière univer-selle? A-t-elle le projet de se marier? épousera--elle quelqu'un de Chantilly ? Est-il vrai qu'on lui ait légué un million et demi ou un demi-mil-ion ? M. Victor va-t-il chez elle ? A quel titre est-il reçu ? Savez-vous si elle l'aime ?

Le docteur avait fermé les yeux, s'était bou-ché les oreilles, effrayé de la multiplicité de questions dont on le criblait, sans qu'il pût se permettre un mouvement, soit à droite, soit à gauche. Son premier mot fut, après un silence méditatif :

— La malade est gravement malade et je l'a-bandonne.

Il se leva pour partir.

On le retint d'abord par sa canne, comme un oiseau pris à la glu; puis par son chapeau, gardé en ôtage, et passé derrière le cercle; ensuite par les pans de son habit marron ; enfin par beaucoup de caresses qu'on lui fit.

— Mais laissez-moi : vous me prêtez, mes

enfans, plus d'importance cent fois que je n'en ai. Je ne sais rien.

— Asseyez-vous toujours. Dites le rien que vous savez.

— Tout Chantilly a dû apprendre que lorsque je fus appelé pour donner mes soins à M. Clavier, il était déjà mort, froid comme un marbre.

— Et de quoi supposez-vous qu'il soit mort ? d'apoplexie ?

— Non ; sa face n'offrait aucun signe d'une violente irruption de sang au cerveau. Je présume que le cœur était malade chez lui ; j'y soupçonnais depuis long-temps une lésion. A la suite d'un chagrin le mal se sera déclaré ; l'épanchement s'en sera suivi, la mort également.

— Et à quelle cause morale attribuez-vous le chagrin qui l'a tué ?

— Le pouls de mes malades , chère dame, car c'était la chère dame qui questionnait, commentait, argumentait sans cesse — ne me révèle jamais les accidens moraux dont il me confie les résultats physiologiques. Je viens de vous dire, du reste, qu'il était mort quand je fus appelé.

— Et qui était auprès de son lit? personne,
e gage.

— Pardon! il y avait mademoiselle de Meil-
ıaŋ qui tenait sa main, la baisait et priait.

— C'est fort louable, docteur. Et la petite
hérite-t-elle, au moins, cette chère enfant?

— N'étant ni son confesseur, ni son notaire,
e l'ignore.

— Il doit avoir laissé une belle fortune : cela
ra sans doute à quelque libertin de neveu. Il y
ıvait de quoi ménager uŋ si beau mariage à ma-
lemoiselle de Meilhan, et favoriser si avanta-
;eusement quelque excellent garçon de Chan-
illy ! On comprend que M. Victor Reynier soit
ı assidu auprès de l'orpheline : la royauté vaut
'hommage.

— Voyons votre langue, ma voisine ; comme
vous en débitez sans vous épuiser, sans vous
;ouper, sans vous contredire. Mais M. Reynier
ıe va dans la maison de mademoiselle de
Meilhan que pour dresser l'inventaire des meubles, effets et bijoux, laissés par M. Clavier.
Comme elle doit quitter bientôt, dans huit jours
peut-être, cette maison, M. Reynier hâte ce

travail dont son beau-frère, M. Maurice, l'a prié de se charger. M. Maurice n'en a pas le loisir, toujours absorbé par le travail de son étude.

— Ceci est sensé, docteur; mais ceci ne détruit rien, absolument rien. L'homme de l'inventaire peut être l'homme du contrat.

— Ah! vous compromettriez un saint avec vos insinuations perfides. Ne me faites plus parler; tenez!

— Si, si, docteur, s'écrièrent les demoiselles. Nous vous aimerons bien; parlez! Là, tout bas, à chacune un mot. Quel est celui qui épousera mademoiselle de Meilhan!

— Je le proclamerai tout haut, puisque vous m'y forcez. Le mari destiné à mademoiselle Caroline de Meilhan. — Apprenez-le! Mesdemoiselles — c'est.....

Le docteur aspira une prise de tabac.

— C'est — qui?

— C'est moi!

— Oh! le méchant! C'est mal, docteur, de vous amuser ainsi à nos dépens!

— Nous nous vengerons sur vos ordonnances.

— Et que ne vous adressez-vous plutôt à M. Victor lui-même qui sort — tenez — regardez — de la porte du jardin de mademoiselle de Meilhan.

— C'est lui, en effet, se dirent les dames et les demoiselles en se levant à demi pour vérifier l'indication du docteur.

Victor fut bientôt l'objet de tous les regards. On remarqua, — car pas un de ses mouvemens n'était perdu, — qu'il avait remis dans sa poche la clé dont il s'était servi pour ouvrir et pour refermer la porte du jardin.

L'interprétation de cette familiarité fut si générale et si spontanée, qu'on ne prit pas la peine de se la communiquer.

S'étant aperçu de l'impression que la sortie un peu libre de Victor produisait sur les groupes, le docteur se jeta au devant des inductions et déclara qu'il trouvait fort naturel que M. Victor eût à sa disposition une des clés de la maison de mademoiselle de Meilhan, afin de pouvoir, à toute heure du jour, et sans déranger personne, y entrer pour dresser l'inventaire du mobilier, travail minutieux, traînant, et tout de confiance.

Il ne convainquit personne, et il n'arrêta pas l'attention inquisitoriale de ces dames sur Victor ; elles remarquèrent qu'il était sans chapeau, et qu'il hésitait à prendre une résolution, au milieu d'un trouble et d'une anxiété dont la distance n'empêchait pas de distinguer les signes.

Les personnes occupées à lire ou à converser indifféremment auprès du bassin mêlèrent leur surprise à celle des autres, et toutes furent témoins de la bizarre manœuvre de Victor.

Après avoir balancé s'il irait vers le grand chemin ou s'il se porterait du côté du château, il se dirigea, en courant comme un fou, vers la pièce d'eau où il arriva effaré, hagard, n'ayant pas l'air de voir ceux au milieu desquels il tomba.

— Docteur, s'écria-t-il en prenant sous le bras M. Durand, docteur, mademoiselle de

Meilhan est dans des convulsions affreuses; elle se tord dans des vomissemens qui ne l'ont pas quittée depuis deux heures ; son estomac se soulève ; je n'ai jamais rien vu qui ressemblât à l'état où elle est ; on dirait un accouchement.

— Un accouchement!! murmurèrent les mamans en levant les yeux sur le docteur, et les jeunes demoiselles en se regardant entre elles, les unes et les autres acceptant comme un fait ce qui, à la rigueur, n'était peut-être qu'une perfide comparaison.

—Mesdames, s'écria le docteur en lançant un regard d'imperceptible dédain à Victor et prêt à le suivre, Mesdames, mon devoir est de vous le déclarer, au mépris de l'effroi que je vais répandre au milieu de vous : le Choléra est à Chantilly!

13.

VIII.

C'ÉTAIT le 6 juin 1832.

La France roula au bord de l'abîme.

Depuis long-temps organisée, l'insurrection républicaine rallia, à l'occasion du convoi du général Lamarque, ses forces disséminées ; se parqua en silence, dans la soirée du 5 juin, dans les rues ténébreuses du cloître Saint-Méry, et là, malgré une effrayante inégalité de forces, elle offrit le combat à la royauté qui l'accepta. Paris fut en feu. Plus meurtrier qu'en juillet 1830, le canon tonna dans la longueur des rues ; frappées à leur base, des maisons chancelèrent sous les boulets ; les ruisseaux portèrent du sang à la Seine.

Laborieuse journée pour tous les partis, qui tous y laissèrent quelque gage de défaite ! Les républicains émoussèrent une énergie qu'ils n'ont plus montrée depuis, soit que l'occasion d'en déployer une aussi désespérée ne se soit plus offerte pour eux, soit qu'on ne profite pas deux fois de l'occasion ; le pouvoir compromit dans cette fatale journée la pureté primitive d'une révolution qui n'avait pas encore été souillée ; et les partisans de la royauté déchue y perdirent la plus précieuse de leurs espérances ; il ne leur était plus permis d'attendre, d'une victoire républicaine sur la royauté de juillet, le retour au trône de la branche aînée.

Mais ne touchons pas davantage à cette histoire ; elle est encore brûlante : n'en découpons que la part dont ne peut se passer la vérité de notre récit.

Dès que le tocsin, lancé par volées des tours
Notre-Dame, eut trouvé des échos dans les
clochers des environs, l'alarme sauta de distance en distance pour se propager dans tous
les sens; la campagne s'arma. Par toutes les
barrières, la population des banlieues regorgea
dans la capitale. — Pareille énergie eût en
1814 sauvé Paris. — Les chemins étaient couverts de paysans armés; la garde nationale re-
cueillait le fruit précoce de son institution. En
quelques heures, plusieurs départemens furent
sur pied et attendirent pour savoir à qui la France
appartiendrait.

La catastrophe, qui mit ainsi face à face dans
la rue deux principes qui n'en formaient qu'un
deux ans auparavant, avait consterné les campagnes aussitôt qu'elle y avait été connue.

Loin de Paris, au moins autant que dans ses
murs, on craignait — la menace en avait été si
souvent prononcée — le retour d'un autre bouleversement social semblable à celui de 93, et
qui de nouveau remettrait en question les principes de la propriété. Vraies ou fausses, ces

opinions avaient inspiré d'inexprimables craintes à ceux qui possédaient ainsi qu'à ceux qui,
avec raison, n'admettent pas de co-bénéficiaires
au gain d'une fortune acquise sans le concours
d'autrui. Cependant l'effroi qui régnait n'é-
tait pas celui de 93. Comme on ne croyait
pas à la barbarie des républicains, mais beaucoup à l'ambition assez mal dissimulée de quelques uns, on avait moins peur au fond d'être
pendu que d'être pillé. Démentant à peine ces
préventions répandues partout, les journaux
extrêmes annonçaient — on ne sait dans quel
but étrange de séduction politique — une révolution sociale complète à la première crise
dont leurs doctrines sortiraient triomphantes.
Les fortes têtes du parti avaient même déjà dressé
la Genèse sociale d'après laquelle les plus riches
de la nation régénérée ne possèderaient pas
plus de cinquante arpens.

Hors Paris, les fonds publics ne baissent
pas à la nouvelle d'une guerre ou à la menace
d'une insurrection civile ; mais, à la moindre
oscillation de l'État, on cloue la porte du grenier ; plus de blé à livrer ; on creuse un trou

dans les champs, et l'argent disparaît de la circulation.

Aux hurlemens du tocsin, les villageois coururent, les uns — nous l'avons dit — au secours de la capitale soulevée, les autres, au dépôt de leurs économies pour le mieux cacher.

Effet ordinaire des calamités politiques : en un instant l'ami n'eut plus de foi en l'ami dont l'opinion lui sembla suspecte ; on ferma les portes ; l'égoïsme se consulta en famille. On rassembla les écus et les enfans ; les hommes prirent les premiers sous leur protection, les mères se réservèrent la défense des autres. Puis, la fourche de fer à la main, on attendit derrière la haie l'arrivée des brigands. Les brigands! menace vague qui reparaît à chaque révolution; terrible parce qu'elle est vague.

On apporta d'autant plus de précipitation à suspendre sur-le-champ tant à Paris qu'ailleurs toutes relations d'affaires, à retirer ses fonds, à s'isoler, que jamais insurrection n'avait débuté avec des chances de réussite égales

à celles sur lesquelles comptait la révolte de
Saint-Méry, formidable en nombre , en moyens
d'attaque, en affiliations, en position, et redoutable surtout par son enthousiasme. Issu en
droite ligne de celui de juillet, cet enthousiasme s'était ravivé et retrempé dans des sermens d'union prononcés sur les restes du général Lamarque.

Maurice arrivait de Paris, où il avait assisté
aux premiers engagemens entre les républicains et la ligne; il avait vu des soldats râ-
lant dans les ruisseaux, d'autres égorgés sur
le dos des bornes ; il avait franchi des bar-
ricades formées d'un rang de républicains morts
et de pavés.

Ses oreilles sifflaient encore du bruit des
boulets; les balles avaient percé son chapeau,
jeté en ce moment à ses pieds, déformé par
la sueur. Le drapeau blanc, le drapeau noir,
le drapeau tricolore avaient tour à tour flotté
à ses yeux au sommet des maisons de la rue
Saint-Martin , le long desquelles il avait plu du
sang sur ses joues.

Associé aux pensées de mécontentement dont les actes dynastiques de la révolution de juillet avaient été le point de départ, Maurice approuvait l'esprit d'une insurrection qui allait peut-être assurer la dernière conquête de cette révolution.

Sur le champ de meurtre qu'il avait traversé, il avait été témoin — sa figure l'attestait suffisamment — de la mort de ses meilleurs amis, de ses frères en opinion ; il avait dû se mêler à leurs rangs crevassés par la mitraille, et verser l'obole de plomb à son parti ; il s'était ensuite retiré, se souvenant que sa vie était à d'autres dans la condition où le sort l'avait placé. Après s'être montré brave, il s'était montré honnête.

Si ses amis se relèvent vainqueurs, ce qu'il est aussi difficile de nier que d'affirmer, dans la matinée du 6 juin qui s'écoule, hé bien, il n'aura pas déserté sa cause ; si la royauté au contraire se rajeunit dans ce bain de sang, elle n'aura pas à traîner Maurice dans un cachot : il n'aura pas abandonné son poste au milieu de la société.

Depuis son retour à Chantilly, Maurice est
enfoncé dans un coin sombre de son cabinet,
fuyant le jour, le bruit, se fuyant lui-même ; il
étend ses doigts crispés sur son front en sueur ;
il écoute ; il parle vite, seul, tout bas ; il va à
la porte, à son secrétaire, à la croisée ; il court
ensuite se blottir, s'affaisser, se faire petit dans
son coin, les cheveux hérissés, le front jaune,
l'œil ouvert.

— Plus d'entrepôt ! fut le cri déchirant qui
sortit de sa poitrine pour la soulager.

— Plus d'entrepôt à Saint-Denis ! comme on
nous a joués ! L'entrepôt sera construit à trois
lieues de là ; il sera construit de l'autre côté de
Paris, de l'autre côté de la Seine, de l'autre
côté de l'enfer ! plus d'entrepôt à Saint-Denis !
Et Victor qui me répondait de la promesse de
l'employé au ministère, voleur en sous-ordre
d'un voleur ; qui aura traité des deux mains ;
mon concurrent lui aura jeté dix mille francs
de plus, mille francs, peut-être : le plateau
l'aura emporté de son côté. Six cent mille
francs engloutis dans cette mare de corruption !

L'entrepôt sera à Grenelle! ignoble dérision!
moi qui me ruine en achats de maisons à La
Chapelle! Que vais-je faire de ces maisons,
nids à rats, de ces masures infectes, achetées
au poids de l'or? de ces maisons payées dix fois
leur prix?

Et aux échéances du 15, comment faire honneur aux valeurs contractées pour payer ces
maisons?

A chaque bout de mes pensées, l'abîme
de la banqueroute; et banqueroute frauduleuse,
avec jugement, affiches, exposition; banqueroute avec la marque. On ne marque plus;
c'est vrai! Je ne serai pas marqué!

L'entrepôt ne sera pas à Saint-Denis! l'entrepôt à Grenelle!

Et si Maurice détourne les yeux du plafond
pour les porter autour de lui, son désespoir
revêt alors un caractère d'égarement taciturne
à inspirer des craintes pour sa raison. Il sourit
et pleure à la fois en regardant ces cartons qui
ne sont plus placés avec la symétrie des premiers

temps. Reflet des son ame, les reliques saintes des familles n'étaient pas autrefois salies de poussière et poussées au hasard sur les étagères.

Le front pétri par ses mains tremblantes, tandis que Maurice cherche dans sa tête illuminée des sinistres clartés d'une révolution, et traversée des pressentimens d'une imminente banqueroute, une planche de salut, un angle de rocher où s'accrocher dans le naufrage, dût-il s'y suspendre par sa poitrine en lambeaux, Victor entre et lui serre expressivement la main.

— Ta cause est gagnée, Maurice!

— Quelle cause? répond Maurice avec un regard privé d'intelligence, et tel qu'un fou sur qui l'eau glacée d'une douche vient d'être versée.

— Tes amis sont des géants; ils résistent aux baïonnettes, à la mitraille, au canon qui les broie dans les maisons où ils se sont fait jour avec leurs ongles. La rue Saint-Martin, la rue

Maubuée, la rue de la Verrerie, toutes les rues
environnantes, s'en vont au choc des boulets.
Quand les étages s'écroulent, de braves jeunes
gens paraissent sur le bord des croisées, saluant
la foule qui les maudit; ils sourient et meurent en criant : *Vive la République !* S'ils tiennent encore jusqu'à demain matin, la royauté
ne couchera pas demain soir aux Tuileries.

En échange de ces nouvelles qu'il rapportait
de Paris, non avec le ton d'un triomphateur,
mais avec le parti pris d'un homme prêt à
s'accommoder de la république si elle est pro-
clamée, Victor attendait de Maurice quelque
explosion patriotique qui fît diversion au chagrin dont il le voyait accablé.

— Plût au Ciel, s'écria Maurice que la révolte ne cessât pas, que l'émeute pulvérisât
Paris jusqu'à la dernière maison des faubourgs.
Royauté ou république, je péris si les affaires
reprennent tranquillement leur cours accou-
tumé. République ou royauté, il me faudra
rembourser plus de quatre cent mille francs le
15 de ce mois; et nous sommes au 6, et nos

maisons, depuis la translation de l'entrepôt ne valent pas cinquante mille francs. République ou royauté, mes billets seront protestés ; on me poursuivra, on me jugera, on me condamnera, on m'emprisonnera. Il n'y a pas de gouvernement qui remette aux débiteurs leurs dettes : les révolutions ne déplacent pas les principes de l'honneur.

Oh ! que j'étais heureux, Victor, quand j'ai vu dépaver Paris, briser ses carreaux, incendier une mairie ! quand j'ai ouï, avec une joie qui m'a élargi l'ame, le canon, l'affreux canon tuant Paris ! Ce désordre entraînera le mien. C'est bien le moins que la dette d'un homme disparaisse, quand une capitale s'engloutit ; mais il faut qu'elle s'engloutisse !

Es-tu bien sûr, Victor, qu'on se battait encore quand tu es parti ! Es-tu bien sûr que les maisons ouvertes, ivres, béantes comme des cavernes, buvaient encore des soldats par leurs portes et vomissaient des morts par les fenêtres ? Ainsi je les ai vues.

Tiens, je n'ai pas pu mourir. Une balle m'a

frappé ici, une autre là, une autre là, près
du front. Point d'hypocrisie : mon dévoûment,
ce n'était pas du patriotisme, c'était du suicide.
Je n'en voulais à personne ! Je n'en voulais
qu'à moi ! Feu sur le banqueroutier !

—Oui, le coup est grave, Maurice, mais.....

— Grave ! il est mortel.

— Les affaires sont une bataille; personne
n'est sûr du triomphe.

— Tu oses comparer de dégoûtantes témérités à une bataille ! Est-ce que les affaires rap-
portent jamais quelque gloire, que l'on réussisse
ou que l'on succombe ? La spéculation la plus
honnête, c'est d'acheter à trois francs pour
vendre à quatre francs; et cela est un vol.
Qualifie notre opération maintenant.

Mais je l'avais prévu. Nous avons eu recours à la corruption; elle nous paie avec sa
monnaie. Je n'ai jamais fondé — c'est une justice que ma conscience se rend — aucun crédit
sur ces trafics que tu décores du nom de grandes
affaires. Que n'appelles-tu aussi grandes affaires

la fabrication de la fausse monnaie et de faux billets de banque ?

— Tu confonds, Maurice, le gain avec le vol.

— Connais-tu celui qui s'est arrêté à la ligne qui les sépare ?

— Il y a des hommes probes, en affaires.

— Ceux-là ne sont pas millionnaires.

— Peut-être. Es-tu entré dans leur coffre-fort ?

— Et toi dans leur conscience ?

— Ah ! Maurice, la colère t'égare.

— Non, elle ne m'égare pas, Victor, et je jouis du malheur de toute ma raison. Toute fumée d'illusion s'évanouit ; ton chemin de fer est une extravagance. Notre grande fortune va se réduire — sais-tu à quoi ? — pour toi en une fuite à l'étranger, pour moi en une prison perpétuelle.

— Si cependant, Maurice, la république est constituée ?...

— Ne crois-tu pas que ce sera une république de voleurs, toi aussi?

— Mais nous ne sommes pas des voleurs, après tout, Maurice?

— Quoi donc? et l'argent d'Édouard dont j'ai disposé?

— L'argent d'Édouard! l'argent d'Édouard! c'est un placement malheureux : il n'est pas perdu pour cela. Qui est-ce donc d'ailleurs que cet Édouard?

— C'est.....

Maurice réfléchit que cet homme ne valait pas même l'outrage d'une révélation. Il se soucie, pensa-t-il, autant de la réputation de sa sœur, qu'il est affligé de la position où il m'a mis. Le voilà, comptant sur la république pour nous aplanir un chemin doux à la banqueroute! Et les hommes de cette espèce qualifient les républicains de brigands!

— Cet Édouard, répliqua enfin Maurice, est un homme quelconque, qui a eu assez bonne opinion de ma probité pour déposer entre mes mains les trois cent mille francs dilapidés par toi en achats de pierres pourries. Je pense que ce renseignement te suffit, et que tu devrais être le dernier à me demander : Qu'est-ce que M. Édouard ? -

— Est-il à Paris, ce redoutable créancier ? redemanda Victor qui se torturait vainement pour se poser en honnête homme.

— Oui !

— C'est un rentier ?

— Oui !

— Un jeune homme ?

— Oui ! oui ! Mais, Victor, pourquoi ces questions insignifiantes ?

Victor eût tout aussi bien demandé si Édouard portait habituellement un habit marron.

— Songe que nous sommes perdus, Victor. Avoir dépensé un million à l'achat des maisons de La Chapelle ! j'admets qu'elles nous mettent à couvert de cent mille francs, si ce n'est pas exagérer ce qu'elles valent ; nous n'en perdons pas moins neuf cent mille francs. Les perdre s'ils

14.

nous appartenaient, ce ne serait qu'un malheur ordinaire ; mais ces neuf cent mille francs se composent des trois cent mille francs d'Édouard que je veux rendre les premiers... Entends-tu ?

Si tu rends toutefois quelque chose, se dit intérieurement Victor.

— Oui , les premiers ; plus de trois cent mille francs prélevés sur l'argent des rentes que j'ai touchées pour M. Clavier depuis sa mort ; et de trois cent mille francs enlevés de là.

Maurice avait pris son beau-frère par le coude et l'avait placé en face des cartons, où étaient contenus les titres de propriété, les dépôts, les valeurs de toute nature de ses cliens. Après une pause silencieuse, il répéta cette effrayante et courte syllabe : Là ! Le ressort d'un pistolet fait ce bruit, lorsqu'il tombe sur la platine d'acier et qu'une cervelle humaine saute au plafond...

Là, Victor, tu m'as poussé à fouiller avec toi, et nous avons puisé à notre aise, tant que nous avons voulu. D'où t'est venue l'idée de

cette exécrable ressource ? Je n'y aurais jamais
songé, moi, qui ai constamment sous les yeux
ces cartons ! Prévoyais-tu qu'il y avait de l'or
là dedans ? Mais tu le flaires donc ? — Car ta
hardiesse à les ouvrir, à les vider, semblait in-
diquer une sûreté de mouvemens infaillible.
Tu allais ! tu allais ! tu plongeais ! — Qu'y met-
trons-nous, maintenant ? Parle !

Les questions de Maurice n'étaient pas assez
régulières pour forcer Victor à des réponses
qui l'eussent embarrassé. D'ailleurs les fonds
prélevés sur les dépôts des cliens, dont ils
avaient disposé l'un et l'autre, avaient été
abîmés dans l'opération du chemin de fer.
Jamais événement ne fut plus simple dans sa
calamité. C'était un coup de foudre. Il n'y
avait ni explication, ni consolation possible.
Aussi Victor ne répondit pas à Maurice.

Il pouvait être midi. Des groupes animés
formés au bout de la pelouse; des rumeurs qui
sortaient de ces groupes, attirèrent l'attention
de Maurice. Une chaise de poste relayait, venant
de Paris. Présumablement les voyageurs répandaient la nouvelle de ce qui s'y passait.

Maurice descend en hâte, et demande au conducteur dans quel état il a laissé la capitale.

— Dans le plus grand trouble, Monsieur.

— Les révoltés faiblissent-ils?

— Nullement, Monsieur.

Le nombre en augmente-t-il?

— D'heure en heure, à vue d'œil, à mesure qu'on tue.

— Et les Parisiens?

— Ils regardent par leurs croisées.

— Est-ce que les autres quartiers de la ville se soulèvent?

— Je ne m'en suis pas aperçu.

— Les boutiques sont-elles fermées?

— Aucune.

Quelle indifférence, murmura Maurice : le calme de ces gens-là est odieux. Ils passeront d'un gouvernement à un autre, comme de leur arrière-boutique à leur comptoir. Demain on fera encore des affaires.

Les habitans de Chantilly étaient en proie

à de vives craintes, en écoutant ce dialogue, entre le conducteur et Maurice.

— On vient donc à leur aide, continua-t-il.

— De tous côtés, Monsieur.

Mais qui ? puisque les habitans ne les secondent pas ?

— Leurs amis, leurs partisans ; on parle aussi de trente mille républicains qui arriveront de Dijon demain matin.

Bonheur ! pensa Maurice, qu'ils tiennent jusque-là, extermination ensuite, bouleversement !

— Mais la troupe ? la troupe ?

— Elle les assiége aussi de toutes parts.

— On se massacre donc ?

— C'est le mot.

— On ne présume pas à qui restera la victoire ?

Le conducteur était remonté et lançait ses chevaux sur le bas de la route.

Sa dernière réponse était dans la voiture qu'il semblait prendre à cœur d'éloigner le plus

possible de Paris. Les deux femmes, les deux
enfans et le jeune homme, qui s'y trouvaient,
montraient sur leurs visages l'altération d'une
fuite précipitée. — Et certes , ils n'appartenaient pas au parti républicain.

Le cœur gros d'une affreuse joie qui le rendait odieux à lui-même, Maurice rentra et reparut dans le cabinet où son beau-frère était
resté à l'attendre.

— Tout va à merveille, Victor ; Paris est
un cahos ; on s'y égorge ; les républicains et la
troupe ; les riches fuient. La chaise de poste
qui a relayé emporte une famille entière. On
émigre déjà !

— Allons ! il y a quelques bonnes petites
affaires à traiter , dit Victor en se frottant les
mains ; les biens d'émigrés seront pour rien.

— Tu songes aux affaires, toi ! Oh ! non , il
n'y aura plus d'affaires, c'est mon espoir ! —
Des ruines ! c'est tout ce que je demande ;
que tout soit anéanti. — Tout ! Plus de commerce, plus de tribunaux ! Que l'échafaud de

bois où l'on expose les banqueroutiers soit
brûlé avec le siége de la justice!—C'est mal!
— Mais je n'ai de soulagement qu'avec ces
pensées de destruction. Et que le quinze n'arrive jamais!

— Tu as raison; si la fin du monde arrive
avant l'échéance du quinze, il y aura prescription de droit.

— Monsieur! Monsieur, dit un clerc qui entra dans l'étude, Monsieur, vous n'entendez
donc pas?

— Expliquez-vous! parlez!

— La cour est pleine de gens pressés de
vous voir.

— Victor, — je ne sais — vois toi-même!
—regarde par la croisée quelles sont ces gens!

Victor ouvre la croisée et regarde.

— Ce sont tout simplement tes cliens.

—Mes cliens!

— Oui! je les ai reconnus; pourquoi en si
grand nombre, Maurice?

— Je n'en sais rien. — Irai-je voir? Va toi-
même! non, reste! attends. Je descends. A
quoi bon? — mon habitude n'est pas de les
recevoir dans la cour! — ils trouveraient du
louche.

Effaré, Maurice sonna; il sonna fort.

Le clerc reparut.

— Pourquoi n'avez-vous pas prié les personnes qui sont là bas de monter?

— Vous ne me l'avez pas commandé.

— Allez donc! et qu'elles montent.

— Victor, suis-je pâle? — je dois l'être. Je
sens fléchir mes jambes. J'ai des éblouisse-
mens. Ne me quitte pas. Sois là, reste là; toujours là.

La porte s'ouvre, et plus de quatre-vingts personnes, paysans, fermiers, bûcherons, char-
bonniers, vignerons, pénètrent à la fois dans
le cabinet, non sans désordre dans leur avidité
brutale à parler les premiers à Maurice.

— Monsieur Maurice, répondez-moi.

— Monsieur Maurice, moi je viens de loin,
je passerai avant les autres!

— Monsieur Maurice, deux mots seulement,
et je pars.

— Monsieur le notaire!

— C'est à moi à être écouté. Je suis ici depuis une heure!

— Et moi depuis deux heures.

— T'en as menti.

— Menti toi-même.

— Si nous n'étions, ici je te travaillerais les
échalats.

— Mes amis, du silence! la paix! chacun
aura son tour.

— Nous parlerons bien peut-être nous autres,
femmes!

— Vous autres! rentrez vos langues dans le
fourreau.

— Tiens! tiens! il ferait beau vous voir.
nous empêcher.

— Mes braves gens, du calme!je vous entendrai tous! — tous! — d'abord qui vous amène chez moi en si grand nombre?

Ces premières paroles furent si faiblement dites par Maurice, qu'elles ne produisirent pas plus d'effet qu'une goutte d'eau sur un brasier.

Oui! qui vous amène, répéta Maurice dont l'abattement avertissait son beau-frère de se mettre en mesure de parler pour lui.

— Voici, parvint enfin à dire le père Renard, qui avait déposé chez Maurice les titres de possession de trois maisons et qui avait négligé jusqu'ici de toucher sa rente viagère de six mille francs; voici! — On assure que la duchesse de Berry à la tête de cent mille Prussiens est descendue dans Paris par le faubourg Saint-Antoine.

— Ah! ouitche? des Prussiens; ce sont tout uniment — et il y avait pas mal de temps que ça bouillait — les républicains qui font des horreurs aux quatre coins de Paris.

Le dernier qui avait parlé était Robinson le

tuilier. On a peut-être oublié que Robinson,
voulant devenir acquéreur de l'un des lots de
la Garenne entre. Morfontaine et Saint-Leu,
avait confié, à Maurice, pour effectuer cet
achat, quatre-vingt mille francs. La propriété
ne s'était élevée qu'à soixante-trois mille : c'était
donc dix-sept mille francs qui revenaient à Robinson. Pendant quatre mois il avait balancé à
les retirer. Mais, au bruit de l'émeute il était
accouru comme les autres.

— Je répète, si l'on ne m'a pas entendu,
que ce sont les républicains.

— Ah, pour ça, c'est vrai, affirma avec un
ton d'autorité que n'augmentait pas peu son
titre, l'homme d'affaires de M. Grandménil ; de
Sarcelles d'où je viens, on entend le canon
comme si on l'avait dans l'oreille.

— Alors ce sont des républicains, puisque
monsieur l'assure, et qu'il a entendu le canon.

Ces deux témoignages ne permettaient plus
aucun doute sur les causes de l'insurrection
parisienne.

—Et qu'est-ce que ça veut, ces républicains?
demandèrent plusieurs voix qu'il était difficile
de distinguer au milieu de la confusion générale.

— Parbleu, reprit Robinson, ils veulent
rasseoir Charles X sur le trône.

Un cri d'horreur couvrit tous les cris. A la
réprobation qui circula en longs murmures,
dès que cette intention si vraie eût été prêtée
aux républicains, on eût imaginé que Charles X
avait pendant son règne empêché le blé de
germer et les pommiers de fleurir.

Debout sur un tabouret, Victor avait beau
s'adresser à ceux qui lui semblaient les moins
extravagans dans leurs divagations politiques,
il ne parvenait pas encore à s'en faire écouter.

— Messieurs, je...

— Il n'y a plus de sûreté nulle part.

— Ils incendieront nos meules de foin.

— Ils couperont nos arbres au pied.

— Mes braves gens, je...

— Les scélérats!

— Plus de récolte, plus de moissons, plus rien.

— Mes amis, je...

— Il ne s'agit pas de ça, s'écria un rustre en argumentant des coudes et des genoux pour se rapprocher le plus possible de l'endroit où était Maurice, auquel il tenait plus particulièrement à parler. Il ne s'agit pas de ça.

Ce rustre était Pierrefonds le vacher, qui, il y avait près d'un an, avait effectué entre les mains de Maurice, sans vouloir accepter aucune espèce de garantie, un placement de cent vingt mille francs provenant d'un héritage.

— Il s'agit, Russes, Prussiens, carlistes ou républicains, qu'il n'y a plus moyen de rester dans ce pays : avant ce soir peut-être nous serons attaqués par les brigands. Le meilleur notaire alors ce sera un fusil, et le meilleur coffre-fort un trou de dix pieds au milieu de la forêt. C'est donc parce que nous ne voulons pas que les autres, sachant qu'il y a de la graine ici, viennent vous tuer, M. Maurice, que nous

vous prions, vous remerciant bien de vos soins
pour les avoir gardés, de nous rendre nos petits dépôts; vous en serez plus tranquille, nous
aussi; ça vous va-t-il?

L'affreux pressentiment de Maurice se véri-
fiait. Son cœur qui battait auparavant avec
violence, s'arrêta net.

— Oui, M. Maurice, poursuivit Pierrefonds, faut pas que nous soyons cause des
malheurs dont vous ne seriez pas quitte si les
républicains se répandaient dans la campagne,
comme on dit qu'ils viendront quand la be-
sogne sera finie là-bas, à Paris.

— Dam! — c'était une autre voix — Pierrefonds dit vrai; ils vous arracheraient la peau
tout vivant, pour un liard, au moins! Lâ-
chez-nous nos magots; puis laissez venir! Ah!
ils seront bien attrapés! bonjour, ils sont
partis!

Pousser son beau-frère sur un fauteuil,
car il sentait qu'il n'avait plus la force de se
tenir debout, et se placer devant lui, de

manière à le cacher presque en entier de son corps , ne fut qu'un mouvement pour Victor qui, souriant avec un superbe dédain, répondit aux paysans.

— Ah ! ça, qui s'est donc moqué de vous de cette façon-là, mes amis ? Quoi ! vous vous êtes tous laissé prendre comme des étourneaux à d'aussi fausses, à d'aussi extravagantes nouvelles, vous ordinairement si sensés. Mais encore une fois, qui donc s'est moqué de vous ?

— Moi, ça m'est revenu comme je menais mes chevaux à l'abreuvoir.

— Vous voyez donc combien c'est faux.

— Je ne dis pas que cela soit vrai comme l'Évangile, reprenait un autre; mais le porte-balle qui me l'a appris quittait Paris, m'a-t-il affirmé, à cause de l'émeute.

— Ruse de marchands de bas; ce sont des perturbateurs.

— Pour nous quatre, c'est différent : nous le tenons de monsieur le maire.

— L'important! le fat! Votre maire est un

ambitieux. Et qui lui a fait part, à votre maire,
qu'on se battait à Paris? Est-ce le coq du
clocher ?

Toutes les fois qu'on ridiculise un maire, on
est bien sûr d'être agréable à ses administrés.
Les cliens de Maurice se déridèrent.

— Cependant, mes braves gens, il faut convenir, reprit Victor en orateur qui cède un
peu pour obtenir infiniment, que Paris n'est
pas aussi tranquille que de coutume. Mais, depuis la révolution de juillet, quand a-t-il cessé
d'être exposé à de pareilles agitations? Parce
que quelques poignées de turbulens se sont
retranchés derrière quatre mauvais pavés que
la police a consenti à leur laisser empiler, croyez-
vous qu'une autre révolution, semblable à celle
de 1830, soit possible? Vous avez raison d'être
prudens. En guerre ou en paix la prudence est
une vertu. Mais, permettez-moi de vous le dire,
c'est manquer de patriotisme, que de seconder
par la peur à laquelle on se livre les projets
des méchans.

Il en est des hommes les plus grossiers, et des

volontés les plus tenaces, comme de certains gros rochers; si on creuse adroitement autour de leur base, un enfant les fera pivoter.

Fascinés par la parole de Victor, les rustiques cliens battaient peu à peu en retraite ; ils étaient sur le point de se demander compte de leur présence dans l'étude de Maurice. Leur entretien était devenu plus calme, leur attitude plus respectueuse; ils s'essuyaient le front. Victor triomphait.

Pour que sa victoire fût complète, il ajouta :

— Mon beau-frère vous remercie par ma voix d'avoir songé à lui à l'heure d'une crise, où, comme vous l'exprimiez si bien il n'y a qu'un instant, vos dépôts seraient susceptibles de le compromettre. Si l'effet de vous voir réunis ici dans une même pensée d'effroi ne l'avait profondément agité, il vous dirait que votre délicatesse est trop inquiète, et qu'il tient, par cela même qu'il y a du danger à veiller sur vos fonds dont il a la précieuse garde, à ne point s'en séparer, si toutefois vous n'avez pas d'autre motif plus grave pour lui retirer votre confiance.

15.

Des murmures suivirent les dernières paroles de Victor. Il y eut unanimité pour repousser la supposition oratoire, personne dans l'assemblée n'élevant de doutes sur la probité de Maurice.

— Non! pardienne, que nous n'avons pas d'autre peur.

— Sans cela, est-ce que nous demanderions quoi que ce soit.

— J'aurais laissé mes fonds pendant mille ans ici.

Et plus loin : —Est-ce que nous réclamerions notre argent sans cette maudite peur qu'on nous a clouée au ventre? — Dam! il faut bien croire un peu à ce qu'on vous dit.

— Sans doute, affirma Victor. Et voilà pourquoi, il vous convient d'user de la même autorité morale sur vos voisins de village et de ferme. En rentrant chez vous, publiez que vous avez été la dupe d'un mensonge, et empêchez par là les esprits faibles d'empoisonner leur existence, de déranger leurs habitudes sur le premier mot d'un charlatan qui traversera vos villages.

Les cliens avaient décidément honte au fond du cœur de s'être livrés à une démarche si désespérée, depuis qu'ils avaient accepté les bonnes raisons de Victor. Pierrefonds lui-même, qui, comme un dès plus forts cliens, avait d'a-bord porté la parole pour expliquer sa présence et celle des siens dans le cabinet de Maurice, n'eut aucun scrupule à revenir sur son projet de retrait d'argent. Il prit un visage de désinté-ressement qui semblait dire : Nous en serons quittes pour un voyage à Chantilly. — Voilà tout.

Remis de son trouble, Maurice se levait pour adresser quelques phrases d'adieu à l'assemblée, et, afin de n'être pas resté complètement étran-ger à la discussion, lorsque la voix claire d'un crieur public qui passait sous les croisées de l'étude, entraîna un silence général. On écoute :

Voici les événemens sinistres qui ont en-sanglanté, la nuit dernière, les rues de la capi-

tale, après la cérémonie du convoi du général
Lamarque.

Reprenant son air léger, Victor tente de détruire sur-le-champ l'impression qu'ont produite sur les cliens la voix et les paroles du
crieur public.

—Mes amis, voilà tout juste, et ceci doit vous
servir d'exemple, le moyen qu'on emploie chez
vous pour vous alarmer.

— Il a dit *événemens* cependant.

— Événèmens! tout est événemens pour
Paris : le lever du soleil et le cours de la rivière.

— Mais il a ajouté *sinistres*, M. Victor.

— Vendrait-il un seul de ces papiers s'il n'a-
joutait *sinistres* ?

— Chut ! il crie encore.

Victor veut parler.

—Silence! s'il vous plaît, M. Victor.

Les oreilles sont attentives.

Et le crieur :

On y lira les premiers engagemens qui ont

eu lieu entre les troupes et les insurgés de Saint-
Méry; les pertes d'hommes des deux partis; les
régimens qui ont tiré, et les généraux qui les
commandent. Voilà du *nouveau! de l'intéres-*
sant!

Maurice était retombé dans son fauteuil,
foudroyé par l'effet de ce bulletin sur ses cliens;
il ne pouvait s'empêcher d'un autre côté d'ac-
cueillir, comme la plus heureuse diversion à
son anxiété, ces funestes événemens qui lui con-
firmaient le naufrage où il désirait si ardemment
voir périr la France. Bien! bien! murmurait
son cœur noyé d'amertumes; nous retom-
bons dans le cahos. Je vous remercie, mon
Dieu! de m'ensevelir dans ce désordre. Oh!
vienne vite la crise!

Méprisant les propos de Victor, les paysans
étaient descendus dans la rue pour acheter les
pamphlets du crieur. Victor et Maurice étaient
restés face à face, seul à seul, celui-là au bout
de ses échappatoires désormais sans valeur sur
les cliens qui allaient remonter, et remonter
plus avides que jamais de partir après s'être

munis de leurs dépôts ; celui-ci prêt à avouer,
pour en finir avec un supplice cent fois plus douloureux que l'aveu de sa faute, qu'il était
dans l'impossibilité de restituer les dépôts.

— Oui, Victor, il n'y a aucun moyen de sortir de là, si ce n'est la mort. Veux-tu mourir ?
deux minutes nous restent. A défaut d'argent,
qu'ils trouvent du moins nos cadavres. J'ai
deux pistolets chargés, là.

— Ah ! bah ! mourir ! fuir plutôt — si fuir
était facile — mais ils sont dans le jardin, dans
la cour, dans la rue. Tiens, regarde-les : ils lisent !

— Mais si nous ne pouvons fuir, que devenir,
Victor ? Encore un instant, et ils seront ici,
— là. — Les as-tu vus ? Leurs yeux étaient défians ! J'en ai remarqué qui riaient avec ironie
quand tu essayais de les dissuader de redemander
leurs fonds ; d'autres m'ont paru désespérés de
notre position qu'ils m'ont semblé comprendre,
à ton assurance même, à ma pâleur, à je ne
sais quoi. Mais le temps court ; ils remontent
déjà ; ils remontent ; n'est-ce pas ? Écoute, Vic-

tor, un conseil! une résolution! un parti! —
dis-le — qui nous tire de là. L'incendie! —
brûlons l'étude. — J'accepte tout.

— Maurice, nous avons disposé de la moitié
des fonds de ces gens-là.

— Hélas!

— Rendre la moitié qui reste, ce ne serait
contenter quelques uns que pour faire crier
plus fort ceux que nous renverrions les mains
vides.

— Achève! j'entends leurs pas.

— Est-tu déterminé à tout?

— A tout, Victor.

— Eh bien! laisse-moi prendre tous les con-
trats, tous les titres qui sont dans ces cartons.

— Prends, oui! tu as une idée : laquelle?
— Et puis — mais vite! — Mais parle, finis.

— Je vais à Paris.

— O mon Dieu! Tu déraisonnes! Que fe-
ras-tu à Paris?

— Tais-toi ! La rente tombera aujourd'hui à un taux épouvantablement bas.

— Puisqu'elle ne se relèvera jamais ! Et c'est bien mon espoir.

— J'achète toutes les rentes qui se présentent en échange de ces titres qui valent de l'or : j'achète des ballots de ruines ! entends-tu ?

— Malheureux ! tu extravagues toujours.

— Si la monarchie de juillet est vaincue, tu ne me reverras plus : j'aurai acheté pour cent mille francs de papier sale. Alors tue-toi : fais comme tu l'entendras. Si la république est écrasée ! eh bien, je t'apporte de l'or ! et de l'or ce soir même.

— As-tu ta tête, Victor ?

Regarde si je l'ai ! — Et d'un bond Victor ouvre dix cartons qu'il vide en un clin d'œil, qu'il referme aussitôt et qu'il repousse sur leurs rayons. Des papiers s'enfoncent dans ses poches qu'il bourre, dans son chapeau ; il regarde ensuite son beau-frère stupéfait de voir que Victor sait si ponctuellement le contenu de ces cartons.

Ce n'était pas le moment de se permettre des observations sur cette rare sagacité. D'ailleurs les paysans ouvraient la porte de l'étude.

Et la voix du crieur se perdait en répétant : *Voici les événemens sinistres qui ont ensanglanté Paris, la nuit dernière...*

— Il n'y a plus à tortiller, s'écria Pierrefonds: notre argent, nos papiers, et bon voyage. Vous voyez vous-même comme ça chauffe, M. Maurice. Le crieur a ajouté que les brigands s'étaient déjà rendus maîtres de Saint-Denis.

— Soit, mes amis, leur répliqua Victor avec le sang-froid qui ne l'avait pas quitté, soit! Nos intentions ne sont pas de vous contrarier dans vos volontés, puisqu'elles sont si bien arrêtées. Nous allons vous restituer vos dépôts à tous.

— Ah !

Déjà les paysans se mettaient en mesure de recevoir leurs titres et leur argent.

Les uns sortaient de vieux reçus de leur poche.

D'autres délivraient de la ficelle qui les entortillait leurs portefeuilles de cuir gras.

D'autres comptaient sur leurs bâtons de houx les crans que le couteau y avait taillés en guise de chiffres. Sur ces bâtons méthodiques les mois d'intérêt étaient creusés avec une rigoureuse précision.

Aussi méditatifs, d'autres comptaient et recomptaient sur leurs doigts en remuant leurs lèvres, tandis que de plus versés dans l'arithmétique exécutaient leurs opérations sur le mur de l'étude avec la pointe d'un eustache.

Rompant ce silence animé, Victor leur dit :

— Mais avant de nous quitter, ne ferez-vous rien pour Maurice, mes amis ? ne lui laisserez-vous aucune preuve de bon souvenir, en reconnaissance de l'exactitude qu'il a apportée sans relâche dans vos affaires qui ont toujours prospéré entre ses mains ?

— Tout ce qu'il lui plaira. Qu'il parle !

— Nous n'avons rien à refuser à M. Maurice.

— Ce bon M. Maurice !

Celui-ci craignait, par ce préambule, quelque nouvelle extravagance de son beau-frère.

— Il faut du temps pour tout. L'insurrection de Paris, puisque nous n'avons plus malheureusement à la nier, nous a étourdis aussi bien que vous, vous le comprenez. Vous désirez liquider sur-le-champ : ceci est à merveille, mais ceci ne saurait se faire à la parole. Il y a à retirer des pièces qui sont au tribunal, à régler des intérêts, à dresser des bordereaux : vous ne voudriez pas plus nous créer des difficultés, que nous ne sommes disposés, pour notre part, à compromettre vos intérêts. Apportons donc les uns et les autres un peu d'indulgence. Ce n'est pas trop de la journée entière pour vous expédier ; accordez-nous cette journée. Il est indispensable que vous patientiez jusqu'à ce soir; peut-être bien avant dans la nuit.

Une rumeur générale de désapprobation couvrit les dernières paroles de Victor, les plus sensées, du reste, qu'il eût prononcées.

— Jusqu'à ce soir !

— Ah bien! voilà qui nous arrange.

— Et nos femmes qui attendent.

— Et nos enfans qui nous croient déjà tués.

— Et nos maris, disaient les femmes à leur tour.

— C'est bien mon mari qui me chagrine, répliquait une autre, comme si l'on n'avait pas un âne à mener à l'abreuvoir et des vaches à conduire au pré.

— Et moi, mes foins qui sont dehors.

— Ses vaches ne te les mangeront pas tes foins; ils seront gentils, s'il vient à pleuvoir.

— Puisque je vous vois si bien disposés, mes amis, à faire ce que je vous demande, permettez-moi d'ajouter que vous rassurerez votre protecteur M. Maurice, en ne vous risquant pas, la nuit, à travers des bois et des plaines avec votre argent, ou des valeurs précieuses, au moment où vous pourriez être assaillis par les brigands. Ce sacrifice serait bien consolant pour mon beau-frère. Attendez donc jusqu'à demain; passez le reste de cette journée et la

nuit à Chantilly. D'ici à demain matin les événemens de Paris auront pris un caractère décisif.

En orateur digne des beaux temps de la
Grèce, plus Victor remarquait le peu d'impression qu'il produisait sur ses auditeurs,
plus il avait l'air de les remercier de leur con-
descendance pour ses paroles. Il reprit :

— Mes bons amis, par un concours de circonstances dont je me plairais en d'autres
temps à signaler l'heureuse opportunité, c'est
aujourd'hui sainte Claudine...

Allons, il est décidément fou à lier, pensa
Maurice.

— Sainte Claudine, peut-être l'ignorez-
vous, est la patronne de madame Maurice :
Claudine-Léonide Maurice. Elle a l'habitude
de célébrer sa fête, entourée de ses meilleurs
amis : les meilleurs amis d'un notaire sont ses
cliens. Le dîner est prêt depuis hier ; il faut
qu'il se mange ce dîner, n'est-ce pas ? Qui le
mangera si ce n'est vous ?

C'est à vous d'ailleurs qu'il était destiné.

Les lettres d'invitation allaient partir, quand
le trouble des affaires politiques en a suspendu
l'envoi. Mais, puisque vous voilà, nous vous
retenons; vous ne nous quitterez pas. L'occasion est trop belle.

Ah! réjouissons-nous d'avoir encore quelque
faiblesse, quelques préjugés, diraient d'autres,
pour les vieux usages de famille. Ne rougissons
pas de nous asseoir, réunis dans une même
pensée de franchise, autour du flacon et du
pain de l'hospitalité.

— Comme il parle bien, murmuraient tout
bas les paysans.

— Vous nous restez : — je le savais bien.

— Dam!

— Qu'en dites-vous, les autres?

— C'est embarrassant!

— Je vous préviens toutefois. C'est un dîner
simple; la frugalité de nos pères : quelques
melons hasardeux, quelques volailles chaudes
et froides, quelques bons gigots de fermier,

force entrées bourgeoises; un peu de champagne, un peu de bordeaux, beaucoup de petits
vins de Mâcon. Que voulez-vous? on traite les
amis sans façon. Le cœur, voilà le meilleur
mets.

Comme il n'est pas juste cependant que le
plaisir de vous posséder à ce banquet de famille
ait un côté onéreux pour vous; comme nous
serions au désespoir, M. Maurice et moi, de
vous contraindre à des dépenses, en restant à
Chantilly jusqu'à demain, vous vous logerez
à nos frais dans les meilleures auberges du
pays: la dépense nous regarde, tout est à notre
charge. La journée est superbe; allez faire
un tour dans le bois jusqu'à huit heures. A
huit heures, la table vous attendra, et l'amitié
aussi.

Il était aisé de remarquer que la crainte que
Victor avait exprimée aux paysans de les voir
traverser la forêt avec de l'argent au moment
critique de l'insurrection parisienne, et que le
désir de jouir d'un bon dîner, avaient vaincu
les hésitations les plus tenaces.

— Comme il fait durer le supplice! murmurait Maurice ; il ne veut pas mourir.

Il était tout prêt à tirer Victor par les pans
de son habit pour lui dire : — Mais, monstre, on
s'égorge à Paris, et tu veux te réjouir! Tu les
invites au nom de ma femme, et Léonide n'est
pas à Chantilly ! Il aurait volontiers ajouté :
— Crois-tu donc ces gens-là assez scélérats ou
assez simples pour accepter ton dîner quand
leurs compatriotes meurent sous la mitraille.

Ces gens s'étant montrés assez scélérats ou
assez simples pour accepter le dîner qu'offrait
Victor, Maurice remercia par un sourire de
contentement la politesse de ses cliens.

— Cependant, poursuivit Victor, si parmi
vous il en est qui, à toutes forces et malgré nos
avis prudens, tiennent absolument à liquider
et à partir, qu'ils s'approchent, ils seront sa-
tisfaits sur-le-champ.

Joignant le fait à l'intention, Victor prit
quelques cartons qu'il posa devant Maurice.

— Ce n'est pas cela! s'écrièrent les cliens.

Venus ensemble, nous resterons ensemble : le retard sera pour tous.

— Soit, dit rapidement Victor ; et comme il vous plaira. Partez, restez, réglez, liberté entière, mais toujours le dîner à huit heures. D'ici là, repos à l'auberge, promenade au château : c'est entendu.

— Oui : c'est entendu.

Et toute la clientelle rustique, ballottée par les raisonnemens captieux de i ctor, friande d'un festin en perspective, heureuse de se goberger sans bourse délier, sortit pour se répandre par tout le bourg d'heure en heure plus inquiet des bruits que le vent apportait de Paris.

— Que vas-tu faire maintenant, Victor ? Victor !

— Ce que je t'ai dit : acheter des rentes pour rien ; les revendre, en centupler le prix si le gouvernement résiste ; périr s'il périt.

— Mais que vais-je devenir avec ces gens sur les bras, qui me demanderont ma femme ?

16.

— Léonide! Ne t'en occupe pas. Ne songe à rien, ne pense à rien : seulement à ce dîner! Que rien n'y manque, ni les mets, ni le vin, ni les liqueurs; entends-tu? D'ici à huit heures, il y aura du changement pour nous!

— Tu es un démon, Victor!

— Soit! Mais je cours à Paris. En deux heures et demie j'y serai : il sera trois heures à mon arrivée. Si, à huit heures, ce soir, je ne suis pas de retour, sois sûr que je serai mort en route ou qu'il n'y a plus d'espoir de nous tirer jamais du précipice au fond duquel je ne nie pas que nous ayons roulé.

Adieu! Maurice!

— Adieu, Victor! c'est peut-être notre dernière entrevue dans ce monde; si tu croyais à une autre vie...

— Je crois aux révolutions qui font baisser la rente de six francs, et aux restaurations qui la remettent au pair.

Victor était déjà à cheval, il était déjà loin, il n'était déjà plus à Chantilly.

Seul dans son cabinet, comme le condamné à mort dans sa prison, Maurice n'eût pas été plus triste si l'échafaud eût été dressé devant sa porte.

Il fut long-temps perdu dans l'idée de son prochain anéantissement; il n'en sortit en sursaut qu'aux cris d'un autre bulletin de Paris; car d'heure en heure, échelonnés sur la route par le gouvernement et par les partisans de l'insurrection, des vendeurs de nouvelles criaient et répandaient dans la campagne les événemens qui se succédaient dans la capitale.

Maurice s'approcha de la croisée, et la voix du crieur lui jeta ces mots :

« *Voilà du nouveau, de l'intéressant! Le parti républicain s'est rendu maître des rues de la Verrerie, du cloître Saint-Méry et des ruelles aboutissantes. Il s'est emparé d'une pièce de canon dont il espère pouvoir faire usage. Le télégraphe de Montmartre a été brûlé. Hésitation des troupes.* »

— Bien! très-bien, s'écria Maurice en frap...

pant du pied. De la résistance! toujours des
combats! tuez-vous! tuez-vous! Que le cheval
de Victor s'étouffe dans les cendres en cherchant Paris disparu.

Tout à coup un second crieur reprit d'une
voix différente :

« *Victoire des troupes sur les révoltés poursui-
vis et exterminés dans les maisons du quartier
des Arcis. Leurs plans déjoués. Mort de leurs
principaux chefs. Carlistes trouvés dans leurs
rangs. Conspiration ourdie par les Vendéens
et les républicains, prouvée par des papiers
trouvés sur les cadavres des rebelles.* »

Qui croire? L'un proclame la victoire, l'autre, l'extermination des révoltés! Confusion
du monde!

Maurice descendit pour acheter aux deux
crieurs leurs bulletins contradictoires.

Et, en ouvrant la porte du jardin, il vit
passer comme un éclair un homme à cheval, qui s'arrêta devant la grille de M. Clavier. Maurice reconnut cet homme, dont la

stteur inondait le visage enflammé : c'était celui qui avait passé une journée entière à l'attendre au carrefour des Lions.

Maurice courut se cacher dans un coin, comme un voleur ; et dans ce coin il lut les deux bulletins.

Quand il les eut lus, il fut saisi d'un rire frénétique et sombre ; sa joie était cruelle ; elle eût épouvanté derrière une grille.

Il exhala ces paroles au milieu d'un affreux ricanement :

— Mort, à la fin ! mort avec son drapeau blanc ! mort précipité du haut du clocher de Saint-Méry ! mort frappé d'une balle au front ! La sainte hospitalité est vengée !

Si Victor se fût trouvé là, il eût ajouté :

—Et puisque M. Édouard de Calvaincourt, cet intéressant jeune homme, est mort, c'est trois cent mille francs de moins à rembourser.

Maurice était encore livré à son horrible joie, quand le prêtre qui lui avait confié dans le

temps la caisse de secours des pauvres, entra
dans le cabinet.

Il n'eut pas besoin d'expliquer longuement
le motif de sa visite; son visage effrayé parlait
pour lui. Comme les autres clients, la terreur
de l'émeute l'avait poussé à Chantilly. En bon
pasteur, il venait reprendre la caisse de secours, et décharger de la périlleuse responsabilité d'un aussi précieux dépôt celui qui, dans
des momens plus calmes, avait accepté de l
mettre sous sa protection.

Le prêtre ajouta cependant :

— Vous prévoyez sans doute aussi bien que
moi, Monsieur, que le parti républicain, s'il
était vainqueur — et tout prouve qu'il le sera—
ne se ferait aucun scrupule de donner aux pieu-
ses épargnes de mes fidèles une direction qu'il
ne m'est pas permis de supposer, mais qu'en
tous cas, il m'est imposé de craindre. Souffrez
Monsieur, que leur violence n'ait que moi pour
victime. Le temps presse, le danger s'accroît
Restituez-moi ce faible dépôt, trop peu resté en
tre vos mains pour la sûreté des malheureux

mais assez cependant pour que ma reconnaissance vous soit toujours acquise.

Maurice ne jugea pas à propos de dissuader
le prêtre des craintes peu honnêtes qu'il avait
conçues du parti républicain : ce n'était pas
surtout le moment de défendre la moralité de
sa propre opinion, quand il avait presque la
conviction que le contenu de la caisse de secours des pauvres avait été volé par son beau-
frère, il n'y avait pas un quart d'heure, s'il
n'avait été enlevé plus tôt.

La cassette était bien au même endroit, il l'a-
percevait de la place où il était ; mais la clé y
était restée aussi : et combien ne redoutait-il
pas, en la prenant pour la restituer au prêtre,
de la sentir d'une légèreté significative !

Encore une honte à subir ! pensa-t-il.

— Et que ferez-vous de cet argent ? demanda
Maurice, lui qui jamais ne s'était cru en droit
d'adresser une semblable question à qui que ce
fût.

— Je cacherai soigneusement cette cassette

sous ma robe jusqu'au village de ma paroisse.
Arrivé là, si j'y arrive, j'appellerai tous
les pauvres, je l'ouvrirai en leur présence,
et je dresserai le partage de ce qu'elle contient.
Après, Dieu fera le reste : ils défendront leur
bien.

La simplicité de cette ame ingénue, si ef-
frayée pour sa réputation, si empressée de rendre une somme dont personne ne savait le chiffre et la source, fut· une dure leçon de probité
pour Maurice.

— Mais, reprit celui-ci, par un abus, par un
tort que Dieu seul et ses vertueux représen-
tans — et non le monde — savent pardonner,
si j'avais, Monsieur, disposé de cette somme ;
si je ne l'avais pas ; si, par une licence dont je
n'absous pas ceux de ma profession qui en
usent, j'avais placé vos fonds, que diriez-vous ?
parlez !

Maurice s'efforçait d'être calme dans la supposition qu'il soumettait au prêtre, et il était
pressant comme un coupable qui cherche à savoir son sort.

— J'avoue que mon embarras serait grand.
Je vous plaindrais d'abord de vous être trouvé
dans une conjoncture telle, que l'emploi de l'argent d'autrui vous ait été nécessaire. Il y a des
fautes de position dont il ne faut pas rendre les
hommes absolument responsables. Ensuite, je
dirais à mes paroissiens que les dernières réparations de l'église ayant beaucoup plus coûté
que nous ne l'avions prévu, j'ai été forcé de
toucher à la caisse de secours pour combler les
frais : on me croirait. Quelques uns murmure-
raient un peu; on laisserait passer l'ondée. Vous
pensez bien que je ne dormirais pas tranquille
sous le poids d'un tel mensonge. Un plat de
moins à mon dîner, quelques livres de moins à
ma bibliothèque, et j'aurais bientôt, par ces
privations, si tolérables et si légères, remplacé,
dans ma caisse, le déficit que votre malheur y
aurait laissé. Peut-être imaginerais-je mieux en
pareille circonstance. Bénissons toutefois le
Ciel, Monsieur, qu'elle ne se soit point pré-
sentée. Les plus beaux dévoûmens ne valent
pas la joie de s'en passer.

Craignant d'en avoir trop dit sur un sujet

que son interlocuteur avait soulevé probablement sans intention, le prêtre n'insista pas
davantage; il se leva. Prêt à partir, il attendit que son dépositaire lui remît ce qu'il
était venu chercher.

Maurice s'approcha du prêtre et lui prit les
mains avec une expression toute brûlante
d'un aveu que sa position, les circonstances,
sa douleur, l'entraînaient à répandre. Il était depuis si long-temps privé de consolation; depuis
si long-temps il n'avait satisfait à l'impérieuse
faiblesse de la confidence, ce besoin que Dieu
a mis au fond de l'ame humaine pour lui rap-
peler son incertitude, quand elle va seule,
qu'à cette main qui s'ouvrit à sa main, qu'à
ce regard si peu importun et pourtant si péné-
trant, qu'à cette bonté sans obsession, il sentit
sa parole, toute chargée de révélations pénibles,
monter à ses lèvres comme malgré lui.

Tant de chaudes effusions chez un homme
qu'il se figurait ossifié par des préoccupations matérielles, tant d'oppression morale
amassée au fond d'un cœur qu'il avait cru jus-

qu'ici tout entier livré aux joies d'une fortune sans mélange, surprirent la candeur du
prêtre qui résistait encore à la pensée, pourtant bien évidente, que Maurice avait de graves aveux à lui faire à l'occasion de la cassette.

— Vous n'êtes pas malheureux dans votre
ménage, osa-t-il à peine dire à Maurice. Je n'ai
pas l'honneur de fréquenter votre maison ;
mais ceux qui la connaissent se plaisent à en
louer l'ordre, la sagesse et l'économie.....

Un soupir apprit au prêtre qu'il ne s'était
pas compromis par trop de hardiesse en faisant
ce premier pas dans la vie de Maurice, si toutefois il n'avait pas deviné juste en se la repré-
sentant, comme tout le monde, du reste, sous
de trop avantageuses couleurs.

— Vous n'avez pas d'enfans dont l'avenir
vous soit un souci. Je vous demande pardon
de m'initier si personnellement à vos affaires; mais nous n'avons d'autre mérite parmi
les hommes, nous prêtres, vous le savez, que

celui de nous exposer à la colère de leur mépris, pour les rendre au repos qu'ils ont perdu,
quand il est encore temps.

— Quand il est encore temps! murmura
Maurice.

— Et il est presque toujours temps, Monsieur, à votre âge, avec votre caractère si naturellement porté au bien.

Il y eut un sentiment de vénération dans le
cœur de Maurice pour cet homme qui, en
droit à chaque minute de lui demander compte
de son dépôt, oubliait de l'en entretenir, malgré
l'imminence des événemens à l'occasion desquels il venait le retirer, pour lui prodiguer
des conseils affectueux, exprimés avec la plus
attentive délicatesse.

Des larmes humectèrent son regard.

Que n'ai-je la force de parler, de tout lui
dire, non seulement pour obtenir son pardon,
pensait-il, mais pour qu'il m'apprenne comment j'apaiserai le cri de vengeance dont la
société s'apprête à me poursuivre ?

Pourquoi me croit-il bon, juste, innocent; pourquoi ne devine-t-il pas ma faute à ma pâleur? Je n'oserai jamais, le premier.....

— Parlez, dit le prêtre en s'asseyant à côté de Maurice qui resta debout; parlez! mon fils!...

Le prêtre avait enfin compris.

Des larmes ruisselèrent sur les joues décolorées de Maurice. Il ne résistait plus à l'ascendant qu'exérçait sur lui l'homme pieux, illuminé au front de la sublimité de son ministère.

Recourant à un moyen plus expressif que la parole, et moins pénible à sa position, à un moyen qui allait apprendre toute l'histoire de sa vie au bon prêtre fermant déjà les yeux pour l'écouter, Maurice s'élance à l'étagère où repose la caisse de secours et la prend dans ses deux mains.

Surprise qui bouleverse ses prévisions, et ses craintes, la caisse est pesante. Il court, la met aux pieds du prêtre, il l'ouvre.

Le prêtre s'écrie : — Vide! n'est-ce pas?

— Pleine! Monsieur! répond Maurice.

Victor n'y avait pas touché; il ne l'avait pas
aperçue.

— Vous voyez, Monsieur, ajoute alors Maurice, cherchant à s'armer de sang-froid, repen-
tant déjà d'avoir entamé une confidence in-
opportune, puisqu'il était loin de la devoir à
une personne nullement en droit de se plaindre de sa probité, vous voyez, Monsieur, que
rien ne manque à votre dépôt : comptez!

Le prêtre referma la caisse; et, sans oser
pénétrer le mystère d'une comédie dont sa
naïveté n'aurait jamais découvert le mot, mais
un peu honteux d'avoir trop tôt soupçonné une
conversion dans l'humilité passagère d'un homme
du monde, il prit la caisse de secours, salua
Maurice et sortit.

— La vertu rafraîchit le sang, s'écria Maurice : elle fait vivre, je l'éprouve. Cette restitution me donne une vigueur nouvelle, inconnue.

— Parbleu, tu es bien habile, lui aurait dit

Victor, s'il s'était trouvé là au moment de la réflexion.

Payer ses dettes, c'est être vertueux. Donc
la vertu, c'est l'argent.

Est-ce que je dis autre chose depuis que
j'existe?

IX.

Quand le docteur s'était présenté chez mademoiselle de Meilhan, il avait été reçu avec
beaucoup de surprise ; Caroline n'avait éprouvé
qu'une légère indisposition ; dès lors il avait
été aisé à M. Durand de se convaincre que
Victor, dans son zèle indécent, n'avait eu d'autre but que de s'afficher comme le complice
d'un acte dont l'outrageante publicité le lierait
à l'héritière de M. Clavier.

Jaloux de la réputation d'une jeune personne désormais maîtresse d'une maison dont il avait été l'ami, le docteur laissa écouler le temps rigoureusement nécessaire à une visite, puis il sortit et alla exprès à la pièce d'eau, vers les dames qui n'avaient pas manqué de l'y attendre, pour les confirmer dans l'idée que mademoiselle de Meilhan avait réellement ressenti les premières atteintes du choléra.

Un peu affecté, en racontant cette nouvelle, le docteur fit succéder l'effroi à la médisance dans l'esprit de celles qui l'écoutèrent.

Sur sa simple observation que l'air de la nuit, les émanations de la forêt, et l'humidité de la pelouse étaient susceptibles de développer le germe du mal dont Caroline avait été frappée, elles rentrèrent, la tête basse, au logis.

Victor avait prévu, point par point, les conséquences de son mensonge.

Qu'il fût vrai ou non que Caroline eût éprouvé les douleurs de l'enfantement, il la perdait si bien dans l'opinion par le scandale de la pièce d'eau, qu'il restait seul pour la relever en. l'épousant; ainsi il avait été fort indifférent sur la réception faite au docteur.

S'il n'avait pas essayé de vérifier le degré de vraisemblance que comportait le fond de la confidence de Maurice sur l'état de mademoiselle de Meilhan, c'est qu'il avait toujours beaucoup plus tenu à ce que cet état fût réel, qu'à ce qu'il ne le fût pas. Il s'agissait d'en profiter et non d'en peser les probabilités. D'ailleurs Maurice n'aurait pas menti sur choses si graves.

Il allait jouir des fruits de sa combinaison ; du moins l'espérait-il ainsi dans son assurance à croire infaillibles des projets dont aucun projet d'homme jusqu'à lui n'avait égalé la hardiesse, quand le changement d'entrepôt et l'insurrection du 6 juin cassèrent en quelques minutes les premiers échelons de sa fortune, et le jetèrent brutalement par terre. Il y avait de quoi être écrasé : Victor fut étourdi. Quelque impassible néanmoins qu'il fût de caractère, il se courba pendant les heures lugubres qui furent

LE NOTAIRE DE CHANTILLY.

marquées, pour lui et pour son beau-frère, des
funestes accidens dont nous avons été témoins.

Si l'on n'a pas oublié que mademoiselle de
Meilhan n'avait pas consenti à se détacher du
lit où M. Clavier avait rendu le dernier soupir,
et si l'on se souvient de la lettre restée sans
réponse qu'Édouard avait écrite à Maurice pour
avoir cinquante mille francs, on apportera peut-
être quelque patience à écouter la suite de la
passion si horriblement traversée de Caroline.

Édouard s'était rendu à Paris sans accidens.
Là, spectateur de la fermentation publique
contre la royauté de juillet mal affermie ; ne
la voyant pas trop courageusement soutenue ,
même par ceux qui en avaient le plus profité ,
il se persuada que les républicains en auraient
bon marché. Sa conviction, on l'a dit plus haut,
étant d'ailleurs que Henri V ne rentrerait aux
Tuileries qu'après la sanglante épreuve d'une
république , par raison et par désespoir il s'é-
tait enrôlé dans les rangs des révoltés. La dé-
bauche des idées autorisait alors ces unions
adultères de partis. Édouard , au surplus,
n'avait pas à hésiter entre une vie mal cachée ,

intolérable par les soins de prudence qu'elle
exigeait, et une mort peut-être utile, à coup
sûr glorieuse, car elle finirait par une balle.

Forcé en outre de renoncer à son départ
pour l'Allemagne; à cause de la prescription
de son passeport d'emprunt, et par la détermination de Caroline dont il n'avait pas osé
violer la pieuse résistance au pied du lit d'un
mort, Édouard aurait été blâmable de rester
étranger au mouvement insurrectionnel. Nous
avons vu comment Maurice n'avait pas été non
plus le moindre obstacle à la fuite d'Édouard.

Qui compterait les épreuves auxquelles il
se soumit avant d'être accepté par les partisans d'une opinion ennemie, infaillible-
ment mortelle à la sienne dès qu'elle aurait
triomphé? Qui l'a suivi à travers les clubs sou-
terrains où des figures sombres, rangées contre
des murs humides, jugent et condamnent la
royauté en jury sévère, impitoyable, sans
appel? Qui a souffert avec lui les insultes faites
à ses plus chères prédilections, afin d'obtenir au
prix de tant de courageuses bassesses, une place
là où il y avait à combattre le visage masqué!

Ceci sera son secret.

Bientôt l'heure sonne, la nuit s'abat sur Paris, sur Paris agité, en sueur, comme un malade qui pressent la crise.

A des distances lointaines, mais dont les échos mesurent le sinistre intervalle, des coups de feu pétillent, se répondent. Au pied des rues désertes, des ombres courent, arment des pistolets, bourrent des carabines, et en fuyant se communiquent à l'oreille des paroles de ralliement.

Ici des groupes se pelotonnent ; plus loin, ils s'abaissent et démolissent le sol ; leur haleine laborieuse rase les ruisseaux dont le cours est détourné. Déjà des eaux noires s'échappent en nappes bourbeuses au bas des maisons ; des pierres alourdissent des tonneaux ; sur ces tonneaux des planches tombent et s'appuient : ce sont des ponts, des portes, des remparts. Derrière ces remparts grossiers, mais massifs, des fourmilières silencieuses campent et veillent ; elles fondent des balles à la lueur d'un fanal ; sous ce fanal flotte un drapeau noir.

Édouard est là. Il a mis les mains dans les pierres, dans la boue, dans le plomb.

Vienne le jour, il les lavera dans le sang!

Ce jour se lève ; c'est le 6 juin; c'est le jour qui dure encore, qui a vu les populations éparses, effarées de la campagne, assiégeant le cabinet de Maurice; jour néfaste qui, des pavés mitraillés de Paris jusqu'à la porte du jardin de mademoiselle de Meilhan, a lancé un messager épuisé de fatigue.

Quand ce messager de mort eut rempli sa mission, Caroline descendit au jardin et entra dans la serre dont les panneaux soulevés, pour permettre au vent doux de juin de s'y introduire, laissaient apercevoir dans le fond un double rang d'orangers tout vivaces de leurs feuilles vertes et des rameaux embaumés de leurs fleurs. Chaque arbuste aspirait dans cette matinée égayée par le chant des oiseaux sa part de soleil, son souffle d'air, son infusion de vie, sa nuance de couleur et de grace. Ils semblaient tous s'être préparés pour recevoir la visite du printemps : les uns montaient, les bras

déployés, vers le soleil, beaux bananiers enve-
loppés étroitement dans leur fourreau de soie,
comme des princes persans dans leur tunique ;
les autres, se courbant, ondoyant, se relevant,
semblaient de moelleuses bayadères tout à
coup changées en tulipiers : Vichnou les avait
touchées.

Toutes ces plantes, toutes ces fleurs, res-
plendissaient dans l'atmosphère qui les entou-
rait et qui leur faisait une patrie commune au
milieu de laquelle chacune étalait sa beauté particulière. C'étaient des inflexions de tiges pleines de souplesse, des boutons vaporeux et voilés
comme la pudeur, des bouquets liés d'eux-
mêmes et cherchant une main pour les prendre;
c'étaient des corolles renversées en sonnettes,
agitant leurs anthères comme de petits mar-
teaux d'or; d'autres corolles, inclinées sur leurs
hampes, vives, sveltes, ailées, figuraient des
colibris prêts à s'envoler; et d'autres encore,
pourprées ou pâles, mélancoliques ou coquettes,
ayant presque une ame et une voix.

Un souvenir de chaque climat éclatait autour

de Caroline par des formes aussi incisives que
la langue d'un pays, que son accent.

Bienfait des contrées sans ombre, le lata-
nier élargissait son éventail aux mille lames ;
tandis que plus loin les arbustes du Gange
effilaient et abaissaient en forme de rames leurs
feuilles colossales ; ici, l'éventail et la rame ; là
la pirogue indienne ; le zamia aux feuilles dente-
lées et arrondies pour voguer sur le fleuve sacré.
Qu'un beau scarabée rose tombe dans la feuille
du zamia, et l'équipage végétal sera complet.

L'imagination est heureuse de trouver des
ressemblances entre des objets où Dieu n'a mis
peut-être que l'intarissable variété de ses créa-
tions. Chaque bel arbre aux formes souples
et tendres rappelle à notre faiblesse aimante,
par des analogies mystérieuses dont les anges
seuls ont la clé, une chose chérie, une chose
absente, évanouie. Qui sait si le sang et la
sève n'eurent pas autrefois une même source ?

Caroline eut des tendresses, des regards, des
soupirs, pour ces fleurs qui la regardaient lire
la nuit, et qui l'appelaient de leurs parfums
quand elle les oubliait pour lire.

Elle va de l'une à l'autre pour les respirer
doucement; elle va de ces petites étoiles, décou-
pées à l'image de celles du ciel, qui sont peut-
être aussi des mondes· de parfums, à ces amas
de pierreries égouttées sur des branches ; à ces
myriades de topazes, de perles végétales que
la Vierge fit pour son diadême, laissant les
autres perles aux reines de la terre.

Entre les plus hauts arbustes et les lianes
rampantes, d'autres fleurs épanouissaient leurs
corolles peintes par les anges dans les loisirs de
la création; leurs doigts les avaient veloutées,
plissées à mille plis, et évasées en calice pour
recevoir la rosée, et puis les divins espiègles
avaient soufflé dedans pour les arrondir : leur
haleine y était restée.

Caroline salua toutes les fleurs en passant,
gracieuses amies qui lui rendirent son salut
matinal. Elle en porta quelques unes à ses
lèvres, les retenant long-temps comme pour
un adieu éternel.

On eût pu la voir ensuite aller de place en place,
s'asseoir un instant sous chaque ombrage, et

essayer de toutes les suaves exhalaisons de la
serre afin de dilater sa poitrine où se posait sa
main. Sa tête, rêveuse et triste, balancée sur
ses charmantes épaules, penchait ainsi qu'une
fleur à qui l'eau a manqué tout un jour d'été.
Enfin elle se reposa sous un bel oranger de
Naples, regardant fixement devant elle, sui-
vant le fil d'une pensée qui partait du fond de
ses yeux et allait jusqu'au ciel. Sur ce chemin idéal, son ame montait et descendait ;
mais à chaque voyage elle abrégeait le retour.
Le ciel l'attirait davantage.

Après avoir inutilement cherché une attitude de repos, ses bras sans force fléchirent et
pendirent le long de sa robe blanche, nouée
par une ceinture noire, signe de deuil qu'elle
n'avait pas cru devoir refuser à la mémoire de
M. Clavier. Ainsi brisée, elle parut plus immobile que les plantes à travers lesquelles elle
se dessinait.

Caroline demeura une heure entière dans ce
repos; sa figure d'albâtre s'anima ensuite doucement ; elle sourit comme étonnée de l'heureuse

idée qui lui naissait spontanément. Était-ce
un espoir ? était-ce une voix qu'elle avait entendue ? mais Caroline se leva et se dirigea
vers les panneaux vitrés de la serre qu'elle
abaissa l'un après l'autre, sans en oublier un
seul.

Caroline se trouva enfermée avec les fleurs.

Ayant repris sa place sous l'oranger, elle
s'aperçut sans frémir qu'elle avait sur sa tête
un groupe de mancenilliers, arbustes funestes
que M. Clavier avait été plusieurs fois tenté
d'arracher.

Bientôt une chaleur pénétrante, pareille
à celle d'un bain de vapeur, remplit la serre
déjà échauffée par le soleil de la matinée.
Le tan, dont le parquet était couvert à une
profondeur de deux pieds, s'attiédit et fu-
ma. Aux carreaux s'attachèrent des vapeurs
blanches ; et bientôt s'opéra une dilatation puissante dans le tissu, dans les feuilles et les fleurs
des arbustes exposés à l'action d'une tem-
pérature élevée. Des camelias s'épanouissaient;
des pétales d'orangers tournoyaient et volti-

geaient dans l'espace ; des feuilles se disten-
daient et claquaient. Le symptôme le plus
évident de l'absorption de l'air atmosphérique
par les pores des plantes se révélait par la sur-
abondance d'odeurs répandues dans la serre,
qui s'alourdissait de parfums.

A la faiblesse morale qu'avait éprouvée Caroline avant la clôture des panneaux, se joignit
chez elle, dès que cette imprudente résolution eût été accomplie, un anéantissement
physique qu'elle ne tenta pas de secouer.

Caroline s'assoupit peu à peu ; ses paupières
descendirent sur ses joues envahies par la pâleur
du sommeil : on eût dit qu'elle remuait les lèvres
et un peu les doigts à mesure que ses yeux ne
s'ouvraient plus qu'avec peine.

D'instant en instant cependant la serre
se parait de mille fleurs écloses à cette chaleur
fécondante ; plus lustrées, plus vertes, plus
humides, les feuilles se déroulaient. Caroline
n'eut bientôt plus assez de force pour appuyer
sa tête contre l'oranger ; elle glissa, manqua
d'appui ; son épaule seule l'empêcha d'être

renversée sur la caisse. Et son assoupisse-
ment augmentait; sommeil doux et vénéneux
qu'il était peut-être déjà trop tard pour rompre. Ses yeux, sa bouche, ses bras, n'avaient
plus aucun mouvement ; mais, comme si
un oiseau invisible l'eût effleurée de son
aile, une ombre, un gaz, courait sur son
visage qui n'était pas encore mort, mais qui
n'était plus vivant. Adieu! pâle et belle com-
tesse de Meilhan, descendante de princes, au
noble sang, de noble race; tuée dans tes parens, domestique ensuite, et puis aimée. —
L'amour, ce qu'il y a de plus joyeux dans la
richesse, ce qu'il y a de plus consolant dans la
pauvreté! — Et cet amour, ton amour, Caroline, souillé, découvert, maudit, déchiré par une infâme et un régicide! Adieu!...
pauvre enfant qui a vécu un jour. Ainsi s'é-
teignent donc les races, mon Dieu, qui les
voulez d'abord puissantes, dominatrices, maî-
tresses du monde, qui les laissez se dire infi-
nies, éternelles comme vous; qui passez ensuite
sur leurs châteaux et les pulvérisez; sur leurs
noms, et la mémoire la plus invincible ne les

sait plus jamais; et enfin qui, après l'avoir porté triomphant de race en race, reléguez ce germe dans l'ame aimante, débile, passionnée d'une enfant, et d'une enfant que l'haleine des fleurs va tuer.

Pas un cri, un effort, un regret, pas un re-tour à la vie! Sa robe trace de longs plis de ses genoux à ses pieds; ses bras plongent droit vers la terre, et ses beaux doigts effilés n'ont plus de sang. Son ame est au milieu de ces parfums qui l'ont aspirée. Caroline est morte, asphyxiée par les fleurs; mort douce, douce comme sa vie; la jeune, la blonde enfant, avait retenu, pour le tourner contre elle, le précepte de M. Clavier:—Nous ne pouvons pas vivre avec les fleurs, mon enfant; il faut que nous les tuïons ou qu'elles nous tuent.

Et les fleurs l'ont tuée.

X.

En partant de Chantilly, Victor avait laissé
des ordres précis et détaillés aux domestiques,
comptant peu, avec raison, sur la liberté d'esprit de son beau-frère pour veiller aux préparatifs du dîner auquel il avait invité les paysans.

Aussi ce fut à l'insu de Maurice que deux tables
de quarante couverts furent dressées dans une
allée du jardin, et qu'elles se parèrent, sans
craindre l'incertitude du temps, d'une sérénité

rare depuis le matin, de tout ce que l'élégance du linge et de l'argenterie a de choisi.

Les habitans ne savaient que penser de ces apprêts, très-difficiles à cacher dans un bourg qui n'a qu'une rue, et de plus en plus inconvenans à mesure que les événemens de Paris se rembrunissaient.

Comme un pâtissier en bonnet de coton ne sort pas sans commentaires d'une maison enclavée dans une localité au dessous de deux mille ames, trois pâtissiers allant et venant, pour le compte de la maison Maurice, avaient ouvert les écluses aux interprétations. Les propos débordaient.

— Tue-t-on le bœuf gras, ou le veau, chez lui ?

— Voisine, on peut tout supposer : j'ai vu deux pâtissiers.

— Vous vous trompez : il y en avait trois bien comptés : tout ce que Chantilly possède en pâtissiers.

— Je ne dirai pas non. C'est comme des

melons : il en est entré un chargement. Pourtant, j'en ai marchandé un hier; pas moins de trois francs. Ils sont au feu.

— Et mon mari qui sort du café, où il a entendu qu'on commandait quatre-vingts demi-tasses de café avec ou sans crême.

— Êtes-vous bien sûre de ça, voisine? C'est que quatre-vingts demi-tasses de café, cela entraîne autant de petits verres.

— Si j'en suis sûre! Vous n'avez qu'à rester à votre croisée; vous vous convaincrez par vous-même si je mens ou si je dis vrai.

— Il y a, il faut le croire, quelque baptême sous roche.

— Mais baptême de qui, de quoi? Voisine, il n'y a point de nouveau-né dans la maison.

— C'est donc un mariage?

— Pas davantage. Il n'y a qu'un ménage, et la noce est faite depuis long-temps.

— Bien sûr ce n'est pas un enterrement.

— C'est à jeter notre langue aux chiens, voisine.

— Que voulez-vous! on ne sait plus rien dans ce pauvre monde.

— Hélas! vous parlez comme l'Évangile, voisine; il n'y a plus rien à brouter pour la langue d'un chrétien. Il faut que le monde soit bien méchant pour tant se cacher.

Dieu eût pardonné à la médisance si, envoyé par lui à Chantilly, son ange eût découvert seulement huit maisons dont les croisées eussent été fermées en ce moment; seulement trois, seulement une.

Il n'en était point où ne parût un visage curieux; et parmi ces visages, il n'en était point dont le rayon visuel fût dirigé ailleurs que sur la maison de Maurice.

Maurice éatit étranger à ce qui se passait chez lui. Il jetait à qui les voulait les clés des armoires et du caveau, trop heureux de se laisser voler, au prix du repos dont sa pauvre tête avait besoin. Souvent il se surprenait, écoutant le cliquetis de l'argenterie et le grincement des assiettes, ne s'expliquant qu'après longue réflexion, la cause de ces préparatifs gastronomiques.

Reprenant le fil de ses idées, il murmurait en marchant :

— Dejà une heure que Victor est parti! reviendra-t-il? Oh! non! je ne le crois pas. Et quand il reviendrait! ne m'apporterait-il pas quelque exécrable faux-fuyant pour éterniser mon désespoir? Mais cette fois il s'abuse ; mes juges sont ici ; de l'or pour eux ou le suicide pour moi. Et qu'il ne me trompe pas d'une heure, car j'ai des armes sûres et qui n'attendent pas!

Le chef de cuisine entra.

— Monsieur!

— Quoi? que me veut-on ?

— Divisera-t-on le repas en trois services ou en deux ?

— Que dites-vous, et qui êtes-vous?

— Je suis le chef, Monsieur, et je vous demande s'il y aura deux ou trois services à votre dîner ?

— Mille! s'il le faut.

— Et combien d'entrées ?

— Tant qu'il vous plaira.

—Comme j'ai deux belles carpes, je crois que nous pourrons nous passer de turbot?

— Passez-vous de turbot.

— Mettra-t-on huit ou douze poulets à la broche ?

— Mettez-les tous!

— De quel vin boira-t-on ?

— De tous ! Laissez-moi !

Profitant de la munificence de Victor, les cliens avaient envahi les principaux hôtels de Chantilly. Amateurs des beaux points de vue, plusieurs d'entre eux , installés dans l'agréable hôtel de Bourbon-Condé, s'étaient placés sur le balcon de fer qui s'avance, poudreux et rouillé, sur la grande route, et domine les premières avenues de la forêt. De son cabinet, Maurice les apercevait, adoucissant les ennuis de l'attente par des petits verres de liqueur et des cigares. Ils semblaient occuper le bourg

par suite d'une invasion, et le tenir en gage jusqu'à l'acquittement de sa rançon.

Les premières heures leur furent douces.

Ils s'emparèrent des billards qu'ils trouvèrent
vacans, des tables de jeu, et enfin de tous les
instrumens de distraction que fournit le pays le
plus fainéant de la chrétiénté.

Les enfans et les femmes allèrent se promener à âne dans la forêt et dans des chars-à-bancs
de louage, Victor n'ayant interdit aucune sorte
de plaisir.

Maurice dévorait son cœur sans relâche en
comptant les minutes qui le séparaient de la
nuit. Ces paysans marchant autour de son
habitation lui produisaient l'effet d'un peuple
impatient d'assister à son exécution remise au
coucher du soleil. Ils avaient acheté le droit de
le voir mourir pour son crime. S'il s'éloignait
du spectacle désolant qu'offrait cette multitude
de cliens dont pas un n'était perdu pour son
regard, de quelque côté qu'il le dirigeât sur l'é-
tendue plane de la pelouse, il n'évitait pas la
fantasque solennité du repas. Il ne pardonnait

pas à la fastueuse raillerie des flambeaux, des
porcelaines, des flacons, des cristaux dont se
chargeaient deux tables démesurées; dérision
pour son cœur attristé.

Il rentrait pour la vingtième fois au fond de
sa retraite, maudissant l'implacable immobilité
du temps, exécrant un soleil toujours à la même
place, quand un homme, vêtu de deuil des
pieds à la tête, entra à pas lents dans l'ombre
de son cabinet, s'avança vers lui, et l'appela
d'un ton faible :

— Maurice, ne me reconnais-tu pas?

— Jules Lefort! mon ami! Cette pâleur,
ces habits !... Jules, tu pleures! mais tu
pleures! Oui! — toi aussi!... — Qui t'a-t-on
tué?

—Ma femme! Hortense est morte; morte folle
dans mes bras! me demandant pardon, pardon! sans pouvoir être dissuadée qu'elle n'avait
commis aucune faute. A genoux près de son lit,
mes lèvres suppliantes sur son front, tenant
son corps desséché et convulsif sur ma poitrine, je lui ai vainement protesté, par mes pleurs,

par mes paroles, qu'elle était innocente et que
ses remords m'outrageaient, me faisaient mourir; elle a jusqu'à son dernier souffle maigri,
langui, souffert en murmurant : Pardon!
Elle a expiré sous l'horrible poids d'une accusation que son imagination répétait à ses
oreilles; et son cadavre, Maurice, est resté
agenouillé, les mains jointes, pour l'éternité.

— Malheureux Jules! Et Dieu t'a laissé seul
sur la terre, comme moi. La calomnie t'a fait
veuf, et moi, la honte; ma femme a assassiné la
tienne; deux amis étaient frères dès l'enfance,
et l'un est presque le bourreau de l'autre! Maudis-moi! maudis-moi!

— Je n'en ai pas la force, Maurice. Vois ce
front que quelques nuits ont blanchi; ce corps
que le mal a brisé; à peine aurait-il la puissance de se baisser pour ramasser une épée,
des deux que la vengeance jetterait à mes pieds.

— A quoi bon une épée maintenant, Jules?
L'homme dont l'existence protégeait les haines
criminelles de ma femme a été frappé mor-
tellement ce matin d'une balle. Je croirais à une

justice : elle aurait pu être plus complète cependant. As-tu reçu ma lettre? Qu'en as-tu
fait, Jules?

— Je l'ai brûlée.

— Et ta vengeance?

— Je l'abandonne, comme j'abandonne la
France. Une tombe et un enfant m'ont été laissés. La tombe restera en Europe; l'enfant ira
en Amérique : je l'y emmène avec moi. Un
vaisseau m'attend au Hâvre où je vais m'embar-
quer.

— Jules, je t'y suis! le veux-tu? Fais-moi
une petite place dans le coin de ton vaisseau ;
que dans trois jours je puisse monter sur le pont
et voir la France comme un flocon d'écume à
l'horizon! Sais-tu que je souffre aussi? sais-tu
qu'au moment où je te parle, je monte en idée
les marches de l'échafaud où l'on boucle au cou
les banqueroutiers? Soutiens-moi, Jules; on
me regarde, on me déchire! Oh! emmène-moi!
sauve-moi! Que je ne voie plus le hideux
fantôme de l'opinion passant et repassant entre ma femme et moi! Plus de Victor non plus!

La mer, la grande mer ! ses tempêtes , moins terribles que celles des hommes !

— Comme je te retrouve, Maurice ! Pauvre ami ! Viens donc, viens à moi ! Entrés ensemble dans le monde, nous en sortirons le même jour, laissant deux cadavres derrière nous : une femme assassinée , une femme !... Nous étions bons pourtant ; qu'avons-nous fait pour mériter cela ? Enfouissons le passé : oui ! mettons des mers entre notre destinée d'un an et notre existence nouvelle. Partons : ne regardons pas même Paris dont l'affreux voisinage communique tant de passions, tant de sordides projets, Paris qui brûle à cette heure, et que nous verrons éclater peut-être en passant.

— Oh ! je te remercie, Jules, de m'accepter pour ton compagnon d'exil. Nous ne nous séparerons donc plus ! Ta fille aura deux pères pour l'élever, pour lui faire aimer sa mère, en lui disant, toi, sa bonté, sa tendresse, moi, ses malheurs. Nous nous attacherons à cette enfant qui nous rappellera tout ce que nos mariages ont eu de serein et d'amer.

Les deux amis se pressaient affectueusement, plus forts contre la mauvaise destinée depuis qu'ils étaient réunis; plus courageux désormais pour tenter une existence nouvelle.

— En quelques minutes je suis prêt; à l'instant même si tu le veux, Jules; car je n'emporte rien. Vienne la justice, elle reconnaîtra que je ne lui ai dérobé que mon corps, lui abandonnant tout : mes propriétés, mes meubles, la table sur laquelle ma sobriété n'a jamais été blessée d'un luxe coupable, le lit où mon mariage n'a été qu'une longue insomnie.

— Monsieur, demanda tout à coup un domestique importun, prendra-t-on le café dans le jardin ou dans le salon ?

Un regard de Jules trahit son étonnement; il semblait dire : Il y a donc fête ici?

— Où vous voudrez! mais, au nom du Ciel, ne me persécutez plus de votre repas!

— Un repas! Maurice?

— Oui, un repas! une superbe fête! les invités

attendent.— Jules ! une superbe fête , te dis-je , comme le pays n'en a jamais vu depuis les princes de Condé. Quatre-vingts couverts. Pour peu que tu en doutes, viens ! regarde ! Table mise, champagne au frais, melons à l'ombre. On prendra le café sous la tonnelle. Ou je raille ou je suis fou, penses-tu ? mais, tu le vois, je ne raille pas : — Je suis donc fou !

— Je le croirai, Maurice, si tu ne m'éclaires sur-le-champ.

Ayant fait asseoir Jules près de lui, Maurice déroula, dans un épanchement qui le soulagea autant qu'il surprit son ami , les douze ou treize mois de sa résidence à Chantilly, n'omettant aucune circonstance relative à ses tribulations domestiques et à ses anxiétés de notaire, bénissant au contraire une occasion si rare pour lui d'alléger sa conscience oppressée.

Quand Maurice eut achevé , Jules Lefort lui dit :

— Tu ne peux plus partir, Maurice. Ces

gens-là , d'après ce que tu viens de m'apprendre
sur ton entrevue avec eux, ce matin, ne sont
plus tes convives, mais tes ennemis, tes es-
pions, tes gardes.

Je les connais mieux que toi, mieux que
ton beau-frère surtout, fine trempe d'esprit à
qui je permets de duper des banquiers et des
propriétaires; mais des paysans, jamais! des
fermiers, impossible!

Ils te gardent , te dis-je! Échelonnés sur
la grande route et postés autour de ta maison,
ils t'épient; ils font bonne sentinelle derrière
ces arbres. Sors! tu es arrêté.

— Y songes-tu? tu m'épouvantes! Sais-tu
que la nuit approche et qu'il n'y a plus de délai à espérer, passé huit heures? que mon beau-
frère n'arrive pas? Pourquoi ne pas fuir, Jules?

— Renonce à ce projet, Maurice; mais
puisque tu n'es pas convaincu de l'espion-
nage où tu es resserré, place-toi à cette croisée
et commande à ton domestique d'atteler ta
calèche. Examine ensuite ce qui se passera.

Maurice dit au cocher d'atteler.

Quand les ordres de Maurice eurent été ponctuellement exécutés, la pelouse, déserte un instant auparavant, fut foulée par à peu près tous les cliens de Maurice. Ils s'élançaient, comme des hirondelles, des nombreuses avenues de la forêt ; et, avec une indifférence affectée, ils se dirigeaient vers la calèche de Maurice. Ils formèrent bientôt un rassemblement à la porte du jardin.

— Tu avais raison, Jules : ces gens m'épiaient ; je leur suis suspect : ils m'enveloppent de leur surveillance ; ils ont perdu toute confiance en moi. Je suis en prison avant jugement. Hélas ! non, je ne partirai pas, Jules ; mais toi ?

— Je resterai, Maurice ; j'assisterai à ce dîner où je prévois que ton beau-frère ne sera pas ; je suis connu de quelques uns de tes cliens ; peut-être ma présence attirera sur toi quelque considération. C'est un rude passage à franchir ; mais il ne sera pas dit que je t'aurai abandonné à l'heure du péril. Te voilà déjà sans vie ; de minute en minute je remarque que tu

blanchis comme un cadavre. Anime-toi. Pour
la foule, Maurice, la pâleur, c'est le crime;
c'est plus que le crime : c'est la lâcheté.

Enfin la nuit vint; il fallut que Maurice des-
cendît au jardin, et se montrât à ces gens chez
lesquels l'irritation de l'attente avait réveillé les
susceptibilités chagrines de la matinée. Loin
des piéges oratoires de Victor, livrés à leur
lourd bon sens, avocat et notaire qu'ils ne con-
sultent jamais en vain, les cliens avaient cherché la cause véritable des incidens entre lesquels ils étaient ballottés; s'ils ne l'avaient pas
découverte, ils s'en étaient singulièrement ap-
prochés, et, à vrai dire, la fête dont ils étaient
les héros ne se présentait plus aussi naturelle
à leur esprit. Leur inquiétude ne cessa pas
quand ils remarquèrent que Léonide n'était
pas là pour présider un repas commandé pour
honorer sa fête. Son absence les préoccupa fà-
cheusement pour Maurice, qui dissimulait
avec peine son malaise sous les luxueux habits dont il s'était revêtu.

On se met à table.

Jules Lefort s'assied près de Maurice. Sa figure grave se détache comme un beau marbre au milieu de ces types de visages rustiques.

Deux tables de quarante couverts furent envahies par les convives; hommes et femmes se mêlèrent sans égard aux noms placés sur les assiettes. Cette littérature de table fut perdue. Pendant quelques minutes l'engloutissement du potage protégea la contrainte de Maurice qui oubliait de déplier sa serviette.

— Maurice, lui dit Jules, mange donc; ne sois pas si distrait.

Maurice se versa à boire au lieu de se servir du potage.

Son geste fut considéré comme un appel par les cliens qui remplirent leurs verres et le saluèrent.

Agissant à contre-sens, Maurice prenait deux cuillerées de potage tandis qu'on le saluait.

La soirée était admirable de calme ; l'air était sans fraîcheur, et son souffle n'agitait même pas la flamme des bougies.

Maurice ne laisse pas écouler une minute sans se tourner vers la porte pour voir si son beau-frère n'arrive pas; et, lorsqu'il se surprend dans cette distraction trop marquée, il verse aussitôt à boire à profusion, à pleins verres : il répare gauchement une gaucherie.

— Qu'il fait bon ici! dit une voix.

— Vous avez raison, répond une autre voix : une journée d'août.

— Bon pour nous, reprend-on, plus loin; mais pour ceux qui sont à Paris, la journée n'est pas aussi belle.

L'observation rend les visages soucieux ; la bouteille cesse à l'instant de sortir de son centre de repos.

Détournant la pente périlleuse des propos entamés, Maurice opère une diversion prompte.

— Allons, Messieurs, de ce melon ! encore une tranche là-bas; ils sont d'un goût exquis cette année. Mais buvez donc; on boit avec le melon.

Qu'on renouvelle le Madère !

Ces dames n'ont pas de Madère, je crois.

—Pardon, Monsieur ; nous ne nous oublions pas.

— Le Madère est le lait des jeunes villageoises, proclame tout haut un marchand de porcs.

— Et vous avez raison ; versez-m'en, ajoute un voisin, quoique je ne sois pas une jeune villageoise.

— J'aurai cet honneur.

— Ah ! M. Maurice, tant de complaisance.

— Bien ! Maurice, ferme ! lui dit Jules.

Mais, pendant qu'il verse du Madère, Maurice entend la cloche du château de Chantilly qui sonne la demie de huit heures : un tremblement nerveux le saisit; il lui est impossible de remplir le verre qu'on lui tend.

— C'est du vin de ton père, Maurice ; on s'en aperçoit à ton agitation.

— Un vertueux père, affirme-t-on de toutes parts sur l'observation de Jules Lefort.

Sans s'arrêter à l'émotion de l'hôte, cha-

19.

que convive avoue tacitement qu'il est difficile de ne pas avoir eu un vertueux père quand
on a reçu de lui en héritage d'aussi bon vin.

— Ah! M. Maurice, cette truite est vraiment
exquise.

— Tant mieux : revenez-y, M. Lambert.

— Il est fâcheux, dit M. Lambert en se bour-
rant de truite, que madame Maurice ne soit
pas ici pour y goûter : c'est un manger de
femme.

— Je vous remercie pour elle, mes amis;
mais je vois des verres à sec là-bas.

— Est-ce qu'elle ne viendra pas?

— Ne la verrons-nous point?

— Sa place restera-t-elle vide?

Vingt autres font la même question.

Avec un sourire de reconnaissance, mais des
plus forcés, Maurice bégaie, en ayant l'air
d'être absorbé par le service : — Mais elle ne
peut tarder, elle m'avait promis pour huit heures! — Huit et demie, il n'y a rien de perdu
encore, et surtout si les communications ne

sont pas libres ; vous comprenez. Vous servi-
rai-je de ces pieds truffés, maître Leloup ?

— Avec plaisir, M. Maurice.

— Toi, là-bas, du coin, en veux-tu ? M. Maurice t'offre des pieds truffés.

— Avec ça que c'est un bon métier que celui
de notaire, remarque, en savourant les jouissances matérielles qu'il en fait évidemment dé-
pendre, un convive séduit par l'abondance des
entrées, l'inépuisable succession des entremêts,
et la riche collection des bouteilles de vins dif-
férens.

— Tu voudrais bien entrer en apprentissage
dans ce métier-là ?

— Est-ce que c'est donc bien difficile ? s'informe à tête basse, à voix basse, l'oreille pourpre, l'œil diamanté, le premier interlocuteur
au second.

— Ma caboche me dit que non. Un exemple. Tu as de l'argent ; tu as peur des loups
chez toi ; vite tu le portes ici. On te donne
pour ça cent francs par an ; est-ce vrai ?

— Sans doute.

— Eh bien, moi qui n'ai pas peur, mon vieux Robinson, que les fouines me rognent mon or, je viens à ta suite, et je demande au notaire — comme qui dirait M. Maurice — quinze cents francs, deux mille francs, n'importe, ou plutôt la somme que tu as portée toi-même. Sous garantie, il me la prête, et je lui baille deux cents francs : c'est cent francs qu'il a récoltés dans la journée. Ton argent vient dans ma main : voilà tout.

— Bon! c'est là le métier ?

— Parle plus bas, Robinson. Oui, c'est là tout.

— C'est facile ; mais comment se passer de notaire !

— Nigaud! Faut être riche ; l'es-tu?

— Non.

— Ni moi non plus. Posons que nous n'ayons rien dit. Passe-moi de ce rôti.

Robinson fut tout à coup un autre homme; il attacha sa vue perçante sur Maurice; il ne l'avait que regardé jusque-là ; il fut entraîné à l'étudier. Le saint-esprit des affaires descendait en lui.

— Mais sais-tu qu'il n'engraisse pas avec cela ? S'il gagnait autant que tu le dis...

Robinson avait parlé un peu trop haut ; il fut entendu du convive de face.

— Faut croire, ajouta ce convive silencieux jusqu'alors, qu'avec cet argent — dont m'est avis que vous avez nettement désigné le nid — M. Maurice fait des marchés qui ne sont pas toujours heureux. Tout le monde n'est pas aussi honnête que nous.

— Ceci est clair ; et j'en conclus, reprit un hôte exilé au bas bout de la table, que le patron doit éprouver de fameux coups de vent, quand, le lendemain d'une perte, on vient chez lui reprendre ses fonds.

Le dialogue était vaste : il y avait place pour chacun.

Un autre intervint judicieusement pour dire :

— Reprendre ses fonds ! Pardienne ! tout
juste comme aujourd'hui ; pas besoin d'aller si
loin. Nous sommes tombés au mauvais moment : nos fonds voyagent.

Comme liés par une traînée de poudre, les
intervalles se comblaient. Les deux moitiés de
la table mordaient à la conversation ; on bu-
vait ; on comprenait mieux ; l'instant lumi-
neux rayonnait sur le front des cliens. On bu-
vait encore on parlait davantage.

De moins subtils d'ouïe, mais d'aussi curieux, et qui ne prétendaient perdre ni un mor-
ceau, ni un verre de vin, ni une parole, se
bourraient, se penchaient, la joue pleine, re-
bondie et luisante, contre la nappe, et demandaient horizontalement :

— De quoi ?

Et on les éclairait.

— Ah ! c'est comme ça ? Mais alors nous
sommes de la Saint-Jean avec nos fonds ?

— On ne dit pas ça, Messieurs !

— Si fait, on dit ça !

— Ce sont de simples conjectures.

— Il est bien blême pour des conjectures.

— Voilà que je tremble, moi !

— Je ne tremble pas, mais j'aimerais autant être parti ce matin, affaire faite.

— C'est aussi mon opinion ; mais cela n'aurait pas arrangé tout le monde.

On sait la pénétration que donne la peur. Chaque parole entrait par sa pointe acérée dans l'oreille de Maurice ; parfois un éblouissement le frappait, et alors ces visages enluminés de vin et d'allusions bourdonnaient comme une fronde autour de sa tête ; et parfois lorsqu'il prolongeait sa vue, les deux tables semblaient se soulever avec les convives, les flambeaux et les plats, et vouloir rouler sur lui. S'il ramenait son regard effrayé, il tombait sur la figure glacée de Jules Lefort, blafard comme une ombre. Le reflet vert et dentelé des feuilles diaprait la scène. Étoilé, le ciel semblait de la fête ; Maurice croyait n'être déjà plus vivant ; il se perdait dans un rêve infernal d'où il n'était tiré que par le bruit d'un bouchon frappant les feuilles; que par le grincement du cristal joyeusement heurté; que par le murmure de quelques nouveaux propos qu'il redoutait et qu'il n'évitait pas d'entendre.

Il posa un pistolet sur ses genoux, et le recouvrit de sa serviette.

— Du vin ! toujours du vin ! crie-t-il aux domestiques qui ne se lassent point d'abreuver à la ronde.

— Du vin de Médoc , Mesdames. Du Sauterne, mes amis. Qu'on boive donc !

— Tu les étouffes maintenant, Maurice , tous les verres débordent.

— Crois-tu, Jules ?

— Ils finiront par supposer que tu cherches à leur faire perdre la raison.

— Je bois, à votre santé, Messieurs!

Sa main émue répand le contenu du verre sur la nappe.

— Comme il est renversé et comme il tremble , observe-t-on.

— Oui, à votre santé, M. Maurice!

— Il est presque aussi jaune que M. Lefort.

— Vous ne savez pas, vous autres, ce qui est arrivé à M. Jules Lefort de Compiègne?

Celui qui parle ainsi croit ne pas être entendu, comptant sur le mugissement qui domine. Il est une erreur d'acoustique commune aux convives animés : parce qu'ils n'entendent plus, ils supposent les autres sourds.

Au prononcé de son nom, Lefort porte son regard sur le groupe où il va être question de lui.

— Sa femme est morte.

Maurice fait semblant de parler à un domestique et il s'appuie sur son épaule.

— Ah! et morte de quoi?

— De folie. Elle était allée au bal de Senlis, où on l'insulta. En rentrant chez elle, elle avait perdu la raison.

— Et qui avait osé l'insulter?

— Une femme.

— On dit que c'était une... Mais chut.

— Une quoi ?

— Eh bien ! une vaut-rién-du-tout! un re-but de femme, qui avait paru au bal avec un soldat ivre.

— Voyez-vous ça! C'est une histoire, dam !

— Et, pour cette raison, le mari est triste comme nous le voyons là.

— Le mari de qui, de cette femme ?

— Eh ! non, le mari de la femme devenue folle, M. Lefort de Compiègne.

— Et il n'a pas mangé le foie à celui qui accompagnait cette femme ?

— C'est ce que nous ne savons pas.

— Ce que vous dites là est très-bien pour expliquer la tristesse de M. Lefort, mais cela ne peut point si profondément affliger M. Maurice. Sa femme n'a pas été insultée.

— Il prend part aux peines de son ami, probablement.

— O mon Dieu, oui! sa femme est trop...

— Trop quoi? je n'ai pas entendu.

— Je n'ai encore rien dit.

— Qu'est-elle? car je ne l'ai jamais vue.

— Ni moi.

— Ni nous.

— Allons, vous verrez que personne ne la connaît.

— Ma foi !

— Si elle ne s'est jamais plus montrée que ce soir.

— Est-ce qu'elle ne viendra pas ce soir?

— Entends-tu leurs propos, Jules ? dit Maurice en quittant l'épaule du domestique pour montrer à son ami sa figure crispée de honte et de douleur.

— Essuie tes yeux, Maurice; affronte tout.

Et le dialogue interrompu reprend et se poursuit.

— Tu crois encore à l'arrivée de sa femme: j'en ai fait mon deuil.

— A-t-il une femme, sérieusement?

— Jules, ces gens m'insultent. Ce dîner sera
donc éternel!

—Qu'est-ce que cela te fait, qu'il ait ou non
une femme.

— Gage que oui!

— Gage que non!

—Ces infâmes engagent des paris sur la réalité
de mon mariage : et Victor qui ne vient pas! La
nuit marche! plus rien! plus de nouvelles de
Paris. Dans cinq minutes, je me brûle la cervelle si cette porte ne s'ouvre pas.

· S'adressant à ses convives :

— Messieurs, votre avis sur ce Limoux?

On ne lui répond rien.

— Le pari est tenu, ça va!

—Jules, je vais chasser ces hommes s'ils ne
se taisent pas; mon sang bouillonne, je le sens
dans mes yeux. Tiens-moi les mains, je ne me
connais plus, je suis fou! — Messieurs, et ce
Limoux?

— Parfait, M. Maurice.

Le mot chasser, vaguement saisi, frappe quelques oreilles; on se le communique. Des ricanemens se posent en face de Maurice; les uns croient avoir entendu, les autres nient; et ces murmures s'ensuivent : Nous sommes les maîtres où il y a notre argent; c'est à nous de chasser ici ; on ne nous chasse pas !

Jules Lefort se lève.

— Mes amis, M. Maurice vous prie de pardonner à l'absence si malheureusement prolongée de sa femme...

Tous avec ironie :

— Ah! oui, sa femme.

— Que des affaires retiennent à Paris dans un moment où il n'est pas facile d'en sortir à son gré. Il n'ose plus concevoir l'espérance de la voir arriver aujourd'hui; soyez assez indulgens, Messieurs, pour excuser le vide qu'elle laisse au milieu de nous.

— Voilà qui est dit : madame Maurice ne viendra pas.

— J'ai donc gagné mon pari.

— Que ne disait-il tout de suite que son mariage n'était que sur l'enseigne?

— Oui! messieurs les notaires ont des maî-
tresses qu'ils pomponnent à nos dépens : ensuite ces belles dames sont trop fières pour
s'asseoir à table avec des paysans.

Hors de lui, Maurice cherche à élever son
pistolet à la hauteur de son cœur ; Jules com-
prime ce mouvement de toute l'énergie de son
bras.

— Ils ont des hôtels ; ils ont des campagnes.

— Ils ont des calèches.

— Comme je l'ai bien dénichée sa calèche.
C'est qu'il allait partir, oui. Les chevaux étaient
attelés. Fouette, cocher! adieu notre argent. —
Mais à d'autres!

— Convenons pourtant que les dîners que
donnent les notaires ne sont pas mauvais.

— Qu'ils vendent, dites donc, s'il vous
plaît, puisque nous les payons.

— Ma foi! nous aurions tort de faire petite
bouche.

— C'est nous qui l'invitons et non pas lui qui nous invite.

— Buvons pour notre argent !

— Et pour l'intérêt de notre argent.

— De ce vin, à moi !

— De celui-ci, à toi !

— Qui veut de mon Bordeaux?

Ces gorgées d'injure; ces railleries avinées, ces sarcasmes qui commencent par un cri et finissent par une bouffée équivoque, ne retentissent pas comme un son intelligent. Ils se répandent comme les taches de vin sur la nappe; ils se glissent comme les os de volailles sous la table; ils se croisent en l'air comme la mousse du Champagne et les bouchons. Celui qui exhale le plus de grossièretés croit être le plus réservé. Il y a confusion dans l'orgie, qui brouille les verres et les cerveaux. La pensée de l'un prend l'organe de l'autre qui n'a plus la conscience de son être. Il coule des paroles; il ne s'en dit pas. Ce ne sont plus des intelligences, mais des robinets. Même désordre à peu près partout. La grosse voix s'est méta-

morphosée dans l'ivresse ; la petite s'est ren-
forcée et surprend même la poitrine dont elle
sort. Derrière ce nuage ardent qui s'embra-
serait s'il ne se dissipait à chaque instant,
des dents pétillent de blancheur, des oreilles
fument comme des soupiraux par où s'échappent tous les gaz des vins qu'on a bus. Ces
tonneaux vivans craquent et fuient. Inutilement tenterait-on de remonter à la source des
menaces et des épigrammes brutales qui sortent
de ces futailles mal cerclées. La source est inconnue. Seulement il y a débordement.

— Laisse-moi, Jules, ma vie m'appartient,
j'en disposerai.

— Je ne le veux pas.

— Tu m'aimes donc mieux déshonoré que
vivant ?

— Et toi, tu veux me couvrir de ton sang,
Maurice !

Ces deux hommes effrayés font sous la
nappe des mouvemens imperceptibles. Dessus
l'ivresse ; dessous le suicide.

De nouveau on entend glapir ce refrain qui

a revêtu un air, tant il a couru, répété de bouche en bouche, depuis le milieu du dîner.

— Madame Maurice ne viendra pas.

— Vous vous trompez : elle viendra.

Léonide, accompagnée de Victor, s'assied à coté de Maurice, au milieu de l'ébahissement universel.

Maurice n'ose se tourner ni vers sa femme ni surtout vers Victor; il va lire dans leurs yeux sa sentence de vie ou de mort.

Léonide se hâte de dire à Maurice : —Quittez ce visage qui m'a découvert votre épouvante; soyez insolent, si cela vous plaît, avec ces manans. Vous êtes plus riche que vous ne l'avez jamais été.

En se jetant à son cou, elle ajoute : — Victor a gagné à Tortoni dix-sept cent mille francs cet après-midi : après une baisse sans exemple, les fonds ont monté de six francs.

Les hôtes de Maurice n'ont pas entendu les paroles de Léonide, mais déjà revenus avec

confusion de leurs doutes sur l'existence de la
femme de Maurice, ils sont cordialement tou-
chés de l'embrassade conjugale.

— Messieurs, dit Victor aux invités, ce qui
a été promis se réalisera. Vos papiers ont été exa-
minés; ils sont en règle; on va vous payer au flambeau. J'ajoute que vous pouvez maintenant ren-
trer chez vous sans danger. La république a été
écrasée sous les pavés qu'elle avait arrachés; la
France a triomphé de la rebellion. — Vive le roi !

— Vive le roi! répète-t-on en chœur.

Et ces mots circulent :

— Nous nous étions trompés : ils sont gens
de parole.

— Hé bien, tant mieux pour eux : j'étais
fâché de leur retirer ma confiance.

— Moi, je la leur laisse.

— Ma foi, je la leur laisse aussi avec mon
argent ; et, puisque tout est fini, prenons nos
bâtons, buvons à la santé de la belle maîtresse
revenue, et en route !

— Oui ! en route !

— En route! En route !

— A la santé de madame Maurice! s'écrie
Victor.

— Oui ! à la santé de madame Maurice.

Fière comme une reine revenue dans son
palais, Léonide trônait avec majesté à côté de
Maurice qui, ému de mille manières, avait
tout juste assez de force pour ne pas s'évanouir.

Qu'on songe à sa position entre Jules Lefort
et Léonide !

Quand il entendit Victor proposer le toast à
Léonide, il se figura tout de suite l'embarras
de Jules, et, pour la première fois depuis que
son sort avait si vite, si miraculeusement
changé, il se tourna vers lui.

Jules Lefort n'est plus là.

Maurice reste immobile, le regard arrêté sur
la place vide de Jules qui, sans être remarqué,
était sorti à la faveur de la bruyante entrée de
Léonide et de son frère.

Sa surprise fut si étourdissante, qu'il fut
persuadé de n'avoir jamais vu Jules ; que c'é-

tait par une illusion de son cerveau agité qu'il avait cru l'apercevoir, assis, triste et silencieux à ses côtés. Il avait eu une apparition.

Maurice se lève cependant et tend son verre pour boire à la santé de sa femme.

C'est le coup d'adieu.

Les paysans quittent la table pour partir.

— Hé bien, passe-t-on à la caisse ? s'informe superbement Victor en s'emparant d'un flambeau.

— Pourquoi donc à la caisse ? répondent les cliens de Maurice d'un ton étonné qui semble dire : Est-ce qu'il a jamais été question de retirer nos fonds ? Pourquoi donc passer à la caisse ?

— Non, je croyais, reprit Victor.

— Puisqu'il n'y a plus rien à Paris, nous ne courons plus aucun danger. Laissons nos écus ici, et allons rassurer nos femmes; il est grand temps.

Les paysans rallièrent leurs chapeaux et leurs bâtons, et coururent toucher la main à Maurice.

Ils partirent. On entendit bientôt leurs
chants dans la forêt. Ils quittaient Chantilly beaucoup plus joyeux qu'ils n'y étaient
venus.

Une fois seuls avec Maurice, Victor et Léonide eurent sur lui la supériorité du bonheur
qu'ils lui avaient tous deux apporté. Il fut
étourdi du contentement de se savoir riche,
de la joie d'avoir traversé en quelques heures
sans mourir une banqueroute et une révolution; et d'apprendre ces deux foudroyantes vic-
toires dans un lieu encore retentissant des outrages dont il avait été sillonné de la tête aux
pieds, dans un espace ému encore des vins dé-
bouchés, des lumières ardentes et de ces ha-
leines qui avaient répandu des feux et des flammes; la sueur inondait ses membres. Pourtant
il tremblait.

— Tout est donc fini à Paris?

— Fini, beau-frère. La mitraille a balayé
les républicains; mais la crise a été affreuse. A
une heure, à la Bourse, on croyait que le gouvernement ne tiendrait pas. — Déroute générale. Le crédit public mort : on vendait, on

vendait. J'achetais des deux mains, tant que je pouvais. Le canon tonnait, et le sang coulait : j'achetais. La Morgue était trop petite pour les cadavres ; on assurait que les Tuileries étaient assiégées : j'achetais sans relâche. A trois heures, je n'achetais plus. La monarchie avait triomphé ; je vendais sur le perron de Tortoni. Mon audace a été prophétique ; la ruine de tous a été mon salut. J'ai cru à l'étoile de la France ; moi et le gouvernement avons été sauvés.

— Ceci n'est donc point un rêve ; mais alors, dit Maurice, à qui la réflexion venait, où sont tous nos amis, ceux qui, ce matin, m'ont vu dans leurs rangs, animé de leur espoir, armé pour leur cause... Morts, sans doute! morts! Quel douloureux bonheur que le mien!

— Je te conseille de faire le difficile; s'ils vivaient, où serais-tu? D'ailleurs, il est encore possible que tes amis n'aient pas été tués. Par exemple, il en est un dont le compte est en règle à cette heure : j'ai lu son nom parmi la liste des morts. Attends... tu me l'as cité avant mon départ pour Paris, quand je t'ai

quitté. Attends... Édouard de Calvaincourt.
C'est cela. On a trouvé sur lui tout un plan de
campagne pour armer la Vendée : rien que ça.

Léonide et Maurice n'osaient se regarder.

— Madame, s'écria, la voix pleine de larmes, après une pause pénible, le triste Maurice,
Madame ! Hortense Lefort est morte aussi. Nos
crimes domestiques à tous deux se sont éteints
dans le sang.

Qu'est-ce que tout cela signifie ? semble
exprimer le visage ébahi de Victor.

— Nous ne resterons point dans ce pays,
reprend Maurice ; nous le quitterons avant un
mois.

— Cela n'est pas impossible , beau-frère,
d'autant mieux que tu laisses ton étude dans
une merveilleuse situation. Il y aura avantage à vendre. Mais nous causerons de cela
demain plus longuement ; il est tard , nous
sommes un peu fatigués. Si nous prenions
quelque repos ?

Victor saisit un flambeau et s'achemine vers la porte. — Que je vous éclaire, si vous le permettez.

Léonide et Maurice se prirent sous le bras et suivirent Victor. Rien de funèbre comme cette réconciliation conjugale commandée par le monde.

Maurice tint parole. Au bout d'un mois, il vendit son étude à un prix inespéré.

Il est encore notaire à...

FIN.

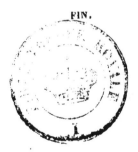

PUBLICATIONS

DE LA LIBRAIRIE

DE DUMONT,

88, PALAIS-ROYAL, SALON LITTÉRAIRE.

LE ROI
DE LA RÉVOLUTION,

PAR

TOUCHARD-LAFOSSE,

Auteur des *CHRONIQUES.DE L'ŒIL-DE-BŒUF*,

in-8. — 7 fr. 50 c.

LA FEMME AUX SEPT MARIS,

PAR

H. DALICARE,

in-8. — 7 fr. 50 c.

MATINÉES D'UN DANDY,

PAR HENNEQUIN.

2 vol. in-8. — 15 fr.

L'Atelier d'un Peintre,

PAR

MADAME DESBORDES-VALMORE.

2 vol. in-8. — 15 fr.

SCÈNES DU JEUNE AGE,

PAR

MADAME SOPHIE GAY.

2 vol. in-12. — 7 fr.

LE

Livre des Petits-Enfans

PAR

MADAME DESBORDES-VALMORE.

2 vol. in-18. — 4 fr.

LA

NONNE DE GNADENZELL,

PAR SPINDLER,

Auteur du *JUIF.*

2 vol. in-8. — 15 fr.

LES

PÉLERINS DU RHIN,

PAR BULWER, AUTEUR *d'EUGÈNE ARAM.*

2 vol. in-8. — 15 fr.

———◦◦◦———

MARIE DE BOURGOGNE,

Par JAMES, auteur de **RICHELIEU**.

2 vol. in-8. — 15 fr.

———◦◦◦———

CONTES POUR LES ENFANS,

PAR

FRÉDÉRIC SOULIÉ.

2 vol. in-18, lithographies. — 3 fr.

———◦◦◦———

Le Conteur des Salons,

A L'USAGE DE LA JEUNESSE,

pour aider à la traduction anglaise.

in-12. — 3 fr.

HISTOIRES CONTEMPORAINES,

PAR LA DUCHESSE D'ABRANTÈS.

2 vol. in-8. — 15 fr.

Isabel de Bavière,

PAR

ALEXANDRE DUMAS.

2 vol. in-8., deuxième édition. — 15 fr.

SOUVENIRS D'ANTONY,

PAR ALEXANDRE DUMAS.

in-8., deuxième édition. — 7 fr. 50 c.

SCÈNES POPULAIRES,

PAR HENRY MONNIER,

2 vol. in-8, 4ᵉ édition. — 15 fr.

MONSIEUR LE MARQUIS
DE PONTANGES,

PAR

Madame de GIRARDIN (Delphine Gay).

2 vol in-8. , 4ᵉ édition. — 15 fr.

LE

CAFÉ PROCOPE,

PAR

ROGER DE BEAUVOIR.

1 vol. in-8. — 7 fr. 50 c.

MÉMOIRES D'UN CAVALIER,

PAR JAMES,

Auteur de *Richelieu*, traduit par M. DEFAUCONPRET.

2 vol. in-8. — 15 fr.

SAVINIE,

Par Madame **BODIN** (JENNY-BASTIDE).

2 vol. in-8. — 15 fr.

JEAN ANGO,

PAR

TOUCHARD-LAFOSSE.

2 vol. in-8. — 15 fr.

MARCO VISCONTI,

TRADUIT PAR M. COLARD.

2 vol. in-8., ornés de cartes et vignettes. — 15 fr.

SCÈNES

DE LA VIE ESPAGNOLE,

PAR LA DUCHESSE D'ABRANTÈS,

2 vol. in-8. — 15 fr.

UN

ÉTÉ A MEUDON,

Par **FRÉDÉRIC SOULIÉ**.

2 vol. in-8. — 15 fr.

LES JOURS HEUREUX,

PAR E. VAULABELLE.

In-12. — 3 fr.

LA COMTESSE D'EGMONT,

PAR

MADAME SOPHIE GAY.

2 vol. in-8. — 15 fr.

GODOLPHIN,

PAR

L'AUTEUR DE **TREVELYAN,**

DU MARIAGE DANS LE GRAND MONDE, ETC.

2 vol. in-8. — 15 fr.

UNE

ROMAN DE MŒURS.

PREMIÈRE PARTIE. **FILLE ET FEMME,**

2 vol. in-8.

DEUXIÈME PARTIE. **AMANTE ET MÈRE,**

2 vol. in-8.

UNE
PASSION EN PROVINCE,

PAR

MADAME **BODIN** (Jenny-Bastide).

2 vol. in-8. — 15 fr.

FLEURS DU MIDI,

(**POÉSIES,**)

PAR MADAME **COLLET**.

Pages de la Vie intime,

Par madame **Melanie WALDOR**.

2 vol. in-8. — 15 fr.

LA

Canne de M. de Balzac,

PAR MADAME **DE GIRARDIN** (Delphine Gay).

1 vol. in-8. — 7 fr. 50 c.

UNE FILLE NATURELLE,

PAR

FÉLIX DAVIN, AUTEUR DU **CRAPAUD**.

2 vol. in-8. — 15 fr.

LE

MALHEUR DU RICHE

ET LE

BONHEUR DU PAUVRE,

PAR

Casimir Bonjour.

1 vol. in-8. — 7 fr. 50 c.

LE

FLAGRANT DÉLIT

Par JULES **LACROIX**.

2 vol. in-8. — 15 fr.

SOUVENIRS

D'UN DEMI-SIÈCLE,

PAR TOUCHARD-LAFOSSE,

Auteur des Chroniques de L'OEIL-DE-BOEUF,

4 vol. in-8. — 30 fr.

MADAME HOWARD,

Par l'auteur du *Mariage dans le Grand-Monde*,

2 vol. in-8.

Publications sous Presse :

LES TROISIÈME ET QUATRIÈME VOLUMES DES

IMPRESSIONS DE VOYAGE,

PAR

ALEXANDRE DUMAS.

SCÈNES DE LA VIE ANGLAISE,

PAR

Madame **BODIN** (Jenny-Bastide).

L'AUBERGE DES TROIS PINS,

PAR

ALPHONSE ROYER ET ROGER DE BEAUVOIR.

Scènes de la Vie Italienne,

PAR MÉRY.

UNE

PREMIÈRE RIDE,

PAR

JULES LACROIX.

LA

CROISIÈRE DE LA MOUCHE,

PAR L'AUTEUR DE

CRINGLE'S LOG OU *Aventures d'un Lieutenant de Marine.*

RUYSCH,

HISTOIRE HOLLANDAISE,

PAR

ROGER DE BEAUVOIR.

LE

CONNÉTABLE DE BOURBON,

PAR

ALPHONSE ROYER.

LA
COMTESSE DE SALISBURY,

PAR

ALEXANDRE DUMAS.

LE TROISIÈME VOLUME DES

SCÈNES POPULAIRES,

PAR

HENRY MONNIER.

SCÈNES

DE LA

Vie Orientale,

PAR LORD **ELLIS**.

L'ÉGOÏSME OU L'AMOUR,

PAR

MADAME E. DE GIRARDIN.

LES CINQUIÈME ET SIXIÈME VOLUMES,

SOUVENIRS D'UN DEMI-SIÈCLE,

PAR

TOUCHARD-LAFOSSE.

L'abbé Maurice,

Madame C. BODIN, (Jenny Bastide).

———

UNE

SOIRÉE CHEZ Mme GEOFFRIN,

PAR

La duchesse D'ABRANTÈS.

———

Mémoires d'un Médecin,

PAR

Le docteur HARRISSON,

4 vol. in-8, troisième édition. — 30 fr.

———

MÉMOIRES

D'UN

CADET DE FAMILLE,

PAR TRELAWNEY,

AMI ET COMPAGNON DE LORD BYRON,

Quatrième édition. 3 vol. in-8. — 20 fr.

———

CORBEIL. — IMPRIMERIE DE CRÉTÉ.

Imprimé en France
FROC031057160919
22144FR00011B/174/P